Yilin Classics

Walt Whitman

经/典/译/林

Leaves of Grass

草叶集

惠特曼诗选

[美国] 沃尔特 · 惠特曼 著
李野光 译

译林出版社

图书在版编目（CIP）数据

草叶集：惠特曼诗选 /（美）沃尔特·惠特曼
(Walt Whitman) 著；李野光译．—南京：译林出版社，
2022.4（2023.8 重印）
(经典译林)
书名原文：Leaves of Grass
ISBN 978-7-5447-8950-9

Ⅰ.①草… Ⅱ.①沃… ②李… Ⅲ.①诗集－美国－
近代 Ⅳ.①I712.24

中国版本图书馆 CIP 数据核字(2021)第 269784 号

草叶集：惠特曼诗选 ［美国］沃尔特·惠特曼／著 李野光／译

责任编辑 鲍迎迎
装帧设计 陈天岷
校 对 王 敏
责任印制 董 虎

出版发行 译林出版社
地 址 南京市湖南路 1 号 A 楼
邮 箱 yilin@yilin.com
网 址 www.yilin.com
市场热线 025-86633278
排 版 南京展望文化发展有限公司
印 刷 南京新世纪联盟印务有限公司
开 本 880 毫米 ×1240 毫米 1/32
印 张 10.125
插 页 4
版 次 2022 年 4 月第 1 版
印 次 2023 年 8 月第 3 次印刷
书 号 ISBN 978-7-5447-8950-9
定 价 39.00 元

CONTENTS · 目录

卷首题诗

来吧，我的灵魂说，
让我们为我的肉体写下这样的诗，
　　（因为我们是一体，）
以便我，要是死后无形地回来，
或者离此很远很远，在别的天地里，
在那里向某些同伙们
　　再继续歌唱时，
（和着大地的土壤，树木，天风，
　　和激荡的海水，）
我可以永远欣慰地唱下去，
永远永远地承认这些是我的诗——
　　因为我首先在此时此地，
代表肉体和灵魂，
　　给它们签下我的名字。

Walt Whitman

铭言集

我歌唱一个人的自身

我歌唱一个人的自身，一个单一的个别的人，
不过要用民主的这个词、全体这个词的语音。

我歌唱从头到脚的生理结构，
我说不单外貌和脑子，整个形体更值得歌吟，
而且，与男性平等，我也歌唱女性。

我歌唱现代的人，
那情感、意向和能力上的巨大生命，
他愉快，能采取合乎神圣法则的最自由的行动。

给外邦

我听说你们在寻求什么来解答新世界这个谜，
还要给美国，给她那强壮的民主制度，下个定义，
因此我把我的诗送给你们，让你们从中看到你们所需要的东西。

我开始研究时

我开始研究时，第一步就使我这样高兴，
就说意识这个简单的东西，这些形体，这活动的能力，
这最小的昆虫或动物，感觉，视力，爱情，

我说这第一步就使我这样惊愕和欢喜，
我还几乎没有往前走，也没怎么想走得更远，
便停下来一直徘徊，用狂喜的歌来歌唱这一发现。

船在起航

看哪，这大海，浩瀚无边，
它的胸脯上一只船正在起航，所有的帆篷都张开了，甚至挂上了月帆①，
当她疾驶时，威严地疾驶时，三角旗高高飘扬——下面是争先恐后的波浪在汹涌向前，
它们以闪闪发光的弧形运动和浪花簇拥着那只起航的船。

我听见美利坚在歌唱

我听见美利坚在歌唱，我听见种种不同的颂歌，
机械工的颂歌，每人以自己的心情歌唱，健壮而快乐，
木匠歌唱着，当他量着他的木板或横梁的时候，
泥瓦匠在准备上工或歇工时唱他的歌，
船夫唱着他船上所有的一切，水手在汽船的甲板上歌唱着，
鞋匠坐在他的板凳上歌唱，帽匠站立着歌唱，
伐木工人唱的歌，犁田的小伙子早晨出工或中午休息或日落时

---

① 船上所用的一种最高的轻帆。

唱的歌，

母亲的美妙的歌声，或者年轻妻子工作时或姑娘缝洗时的美妙的歌声，

每人都唱属于他或她而不是属于别人的事情，

白天歌唱属于白天的事情——夜里是强健而友好的年轻小伙子们在晚会上，

张开嘴放声高唱，那歌声雄壮而悠扬。

未来的诗人

未来的诗人！未来的演说家，歌唱家，音乐家！

今天还不能公正地评价我并说明我存在的意义，

可是你们，土生土长的，健壮的，属于本大陆的一群，

起来呀，因为你们必须给我以公正的评议。

我自己只给未来写下一两个带指示性的词语，

我仅仅前进了一会儿便转身急忙地回到黑暗中去。

我是个漫步向前的人，从没真正停止过，偶尔看你们一眼，随即又转过脸来，

把一切留给你们去证实、阐明！

而主要的东西从你们身上期待。

给你

陌生人，如果你在路上遇到我并想跟我说说话，你为什么不该跟我说话呢？

我又为什么不该跟你说话呢？

从巴曼诺克开始

1

从鱼形的巴曼诺克我的出生地开始，
在那里我被一位完美的母亲所生育并抚养成人，
我漫游了许多地方，爱好热闹的街道，
做过我的城市曼纳哈达或南方草原上的居民，
或者作为驻扎在兵营里或背着行囊和步枪的士兵，或者一个加利福尼亚矿工，
或者居住在达科他森林中，过着以肉食当饭、以泉水解渴的生活，
或者隐居在某个幽僻的地方沉思默想，
远离人群的喧嚣，享受快乐幸福的时光，
意识到清新而不吝施舍的密苏里河流，意识到声势浩大的尼亚加拉瀑布，
意识到在平原吃草的野牛群和多毛而胸膛壮阔的公牛，
意识到大地、岩石，观赏了五月花，对星星雨雪感到惊奇，
研究了模仿鸟的曲调和山鹰的飞翔，
听见了天晓时那无与伦比的从沼泽杉木林中传来的鸫鸟的歌声，
这时我孤独地在西方歌唱，为一个新世界开始歌唱。

• • •

2

胜利，联合，信念，同一，时间，
不能分解的盟约，财富，奥秘，
永恒的进步，宇宙，以及现代的消息。

那么，这就是生活，
这就是经过那么多苦痛和痉挛之后浮现到表面的东西。

多么新奇！多么真实！
头上是太阳，脚下是神圣的土地。

看哪，地球在运转，
原生的陆洲在远方聚集，
现在和将来的大陆分居南北，地峡被夹在中间。

看哪，渺无人迹的广大空间，
它们仿佛在梦中变化，很快就得到充实了，
无数的人群涌现在它们上面，
它们现在已布满了最先进的人们、艺术和机构。

看哪，经过漫长的岁月，
为我提供了无穷无尽的听众。

他们以坚定整齐的步伐走着，从不停息，
连绵不绝的人们，美利坚人，几亿的人，

一代人完成了他们的使命后走过去，
另一代人跟着完成自己的使命，
他们向我转过脸或回过头来，
以回顾的目光望着我，向我倾听。

3

美利坚人！征服者们！人道主义者们的前进！
最先进的呀！世纪的进军呀！自由呀！群众呀！
这是为你们准备的一曲颂歌。

大草原的颂歌，
一泻千里直入墨西哥湾的密西西比河的颂歌，
俄亥俄、印第安纳、伊利诺伊、艾奥瓦、威斯康星和明尼苏达的颂歌，
从中心，从堪萨斯，并由此经过同等的距离，
放射出脉搏般永不停息的烈火让一切生机旺盛的颂歌。

4

接受我的叶子吧，美利坚，把它们带到南方去，带到北方去，
让它们到处受到欢迎，因为它们是你自己所生育。

从东方和西方环绕着它们，因为它们将环绕着你，
而你们祖先们哟，请与它们亲密地连在一起，因为它们也亲密地连着你。

我曾细心地研究历史，

我曾坐在伟大导师的膝前学习，
如今，哦，要是适宜，但愿大师们也回过头来把我评议。

难道我应该以美国各州的名义蔑视古代？
不，这些州正是古代的儿女，他们要为它辩解。

5

去世了的诗人，哲学家，牧师，
殉教者，艺术家，发明家，很久以前的政府，
在世界上其他地方形成语言的人们，
曾经强大而如今衰弱了、没落了或凋零了的民族，
只有我尊敬地信任你们所遗留至今的一切，我才敢前进，
我研究了这一切，承认它是可敬的，（一度在其中运动，）
认为没有什么能比它更伟大，没有什么能比它更值得称赏，
久久地专心注视了它，然后把它撂在一旁，
如今在这里，我和我的时代站在我自己的地方。

这里是女性和男性的国土，
这里是世界的男继承权和女继承权，这里是物质的火焰，
这里是传达一切的灵性，是公开承认的，
是永远向前的，是看得见的形体的终点，
是经过适当的等待后如今在前进的给人以满足的人，
是呀，这里出现了我的主妇——灵魂。

6

灵魂，

永远永远——比褐色坚硬的土地更久远——比时涨时落的水流更久远。

我要写物质的诗，因为我想它们是最神圣的诗篇，

我要写我的肉体的和凡人的诗篇，

因为我想那时我才能为我自己提供关于我的灵魂和不朽的诗篇。

我要给美国各州写一支歌，使没有哪个州在任何情况下会服从另一个州的支配，

我要写一支歌，使美国各州之间和任何两个州之间都不分日夜能和睦相处，

我要写一支歌，给总统的耳朵听，那里充满了武器和彼此威胁的锋芒，

而在那武器背后是无数失望的脸庞；

我还要写一支歌，它歌唱一个由全体中形成的个体，

一个牙齿犀利、眼睛发亮和出人头地的个体，

一个坚强而有战斗性的、代表全体而又超乎全体的个体。

（无论任何别人的头多高昂，他的头在众人之上。）

我要承认当代各国，

我要走遍整个地球，礼貌地向每个或大或小的城市表示敬意，

还有，各行各业啊！我要把你们写入我的诗中，连同你们在陆地和海上的英雄主义，

我要以一个美利坚人的观点报道你们全部的辉煌业绩。

我要唱伙伴之歌，

我要说明只有什么才必然将这些最终联结起来，

我相信这些将奠定他们自己的男人之爱的理想的基础，将它表现在我身上，

于是我要让那威胁着要焚毁我的熊熊烈火从我身上点燃起来，

我要揭开将那些窒闷的火焰覆盖得太久的东西，

我要让那些火焰烧个痛快，

我要写伙伴和爱的福音的诗歌，

因为除了我还有谁能懂得那连带忧愁和欢乐的爱呢？

除了我还有谁应当做歌唱伙伴的诗人呢？

7

我是个偏于信任品质、时代和民族的人，

我从人民中出发，以他们自己的精神前进，

这里唱的便是不受拘束的信任。

全体啊！全体啊！让别人去轻视他们想轻视的事物吧，

我也歌唱写罪恶的诗歌，我也把恶引为同道，

我自己恰恰是又善又恶的，我的国家也是如此——而且我说事实上并没有罪恶，

（或者，如果有，我说它对你对我或对国家也如任何别的事物一样重要。）

我追随着许多人并为许多人所追随，我也创立一种宗教，走入竞技场，

（很可能我注定要在那里发出高声的叫喊，胜利者的震天的呐喊，

谁知道呢？它们还可能从我发出，并翱翔于万物之上。）

每一事物的存在都不是为它自身，

我说整个地球和天上全部的星辰都是为了宗教而生存。

我说没有人已经有了他应有的一半那样虔诚，
没有人已经敬仰和崇拜得够一半了，
没有人已开始认识到他自己多么神圣和未来是多么肯定。

我说这些州的真正而永恒的壮观必须是它们的宗教，
否则就没有什么真正而永恒的壮观了；
（没有宗教，也就没有了名副其实的品种和生命，
没有宗教，也就没有了国土、男人或者女人。）

8

青年人，你在干什么呢?
你那样认真，那样专心致志于文学、科学、艺术和爱情?
这些表面的真实、政治、观点，
不管怎样都作为你的雄心和事业来担承?

这是好的——我对此一点也不反对，我也是它们的诗人，
可是要当心！这一切将很快消失，为了宗教而烧得精光，
因为并非一切物质都是发热的燃料，无形的火焰，大地的基本生命，
像这些对于宗教那样。

9

你这样沉思默想地寻求什么?
伙伴哟，你需要什么?

亲爱的儿子，你觉得那是爱情吗？

听着，亲爱的儿子——听着，美利坚，女儿或儿子，
过分地爱一个男人或女人是痛苦的事，不过那可以使人满足，也是伟大的，
但是还有别的事也很伟大，它使得全体一致，
它壮丽，超过物质，不断地以双手拂拭一切并给一切以支持。

10

你知道，仅仅为了给大地撒下更加伟大的宗教的种子，
我才分门别类地写出了下面这些诗。

我的伙伴哟！
只要你和我分享两种伟大，第三种更丰富更辉煌的就将萌发，
那是爱情和民主的伟大，以及宗教的伟大。
我自己是可见和不可见的混合体，
河川奔注的神秘的海洋，
在我周围摇曳和闪烁的物质的预言家精神，
有生命的东西，此刻无疑在空气中靠近我们的我们不知道的个体，
每日每时都不愿放松我的接触，
这些选择，这些以暗示要求于我的东西。

从儿童时代起便天天亲吻我的人，
没有能将我缠绕住、捆住，紧紧地抱住，
像把我跟苍天和整个精神世界抱得这样紧，

他们给我那样做了之后，又把许多的主题向我提出。

哦，这样的主题——种种的平等！哦，神圣的平凡！
太阳下的婉转歌唱，此刻、中午或日落时发出的歌吟，
低回地流过时代、如今在这里发出回响的弦乐，
我喜爱你们的不经意地组合的和音，我增添些新的，又愉快地送它们前进。

11

当我清晨在亚拉巴马漫步的时候，
我在那里看见了雌性模仿鸟在荆棘丛中的巢里坐着孵她的幼鸟。

我也看见了那只雄鸟，
我曾停下来听他在近处鼓着嗓子唱出欢乐的歌调。

当我停步时，我想到他并非真正就为那里而歌唱，
也不仅仅为他的伴侣或他自己，或由回声送回的东西，
而是为了一种微妙的、秘密的、在远处的，
给新生者传来的责任和玄妙的赠礼。

12

民主哟！你身边有一只笙簧正在膨胀着欢乐地歌唱。

我的女人哟！为着我们后面的和属于我们的孩子，
为着那些属于这里的和那些将要到来的人们，
我高兴要为他们做好准备，现在就唱出比大地上所曾听到过的

更为强大和骄傲的歌声。

我要唱出热情的歌来为他们开辟途径，

而你们不法的冒犯者的歌声，我也以同类者的目光审视你们，像带走别人那样带走你们。

我要唱出真正的富裕之歌，

去为肉体和心灵赢得彼此依附和一路前进而不受死亡制约的一切；

我要扩散自我中心主义并说明它是一切的基础，我要成为一个歌颂个性的诗人，

我要指出男性和女性之间彼此平等的关系，

还有性器官和性行为！你们要集中在我身上，因为我决心要以勇敢而明白的声音告诉你们，证实你们是光明正大的，

我要说明现在没有什么缺陷之处，将来也不可能有，

我要说明对于任何人发生的无论什么事情都可能导致美好的结果，

我要说明没有什么能成为比死亡更美的事情，

我要用一条线贯穿于我的诗中，使时间和事件都紧密相连，

使宇宙间的一切事物都成为完美的奇迹，每一个都同样深沉。

我不想创作关于局部的诗歌，

但是我要写有关全体的诗篇、歌曲和思想，

我不想唱关于某一天的歌，而要唱关于每一天的歌，

我连一首诗或一点点的诗也不想写，要写就写有关灵魂的诗歌，

因为我已遍览宇宙万物，我发现没有哪一个或其中的哪一部分

不是与灵魂有关的。

13

有人要求看看灵魂吗?

瞧，你自己的形态和面貌，人物，实体，野兽，树木，奔流的河，岩石和黄沙。

一切都紧抱着精神的欢乐，然后把它们释放；

真正的肉体怎能有一天死亡并被人埋葬?

你那真正的肉体和任何男人或女人的真正的肉体，

都会一个一个地逃脱洗尸人的手，去充塞一个适宜的世界，

带着它从出生的片刻到死亡的片刻所不断增添的东西。

印刷工排出的铅字并不回归它们的字迹、意义和重要的内容，

同样，一个男人的实体和生命或一个女人的实体和生命也不会回到肉体和灵魂中，

无论是在死前或死后都没有什么不同。

瞧，肉体包含着而且就是那意义和主要的内容，同时包含着而且就是灵魂；

无论你是谁，你的身体或它的任何一部分都那么卓越而神圣!

14

无论你是谁，这是对你发出的无尽的宣示!

大地的女儿，你在等待你的诗人吗?

你在等待一个口若悬河、指指点点的诗人？
对这些州的男人，也对这些州的女人，
发表欢娱的言论，对各个民主地区的言论。

彼此交错的生产粮食的地区哟！
煤和铁的地区，黄金的地区，棉花、糖和稻米的地区！
小麦、牛肉、猪肉的地区！羊毛和大麻的地区！苹果和葡萄的地区！
放牧牛羊的平原地区，世界的草原！空气清新、连绵不绝的高原地区！
牛群、花园、健康的土坯房的地区！
西北哥伦比亚和西南科罗拉多绕过的地区！
东部切萨皮克的地区！特拉华地区！
安大略、伊利、休伦、密歇根地区！
古老的十三州[①]地区！马萨诸塞地区！佛蒙特和康涅狄格地区！
海岸地区！山脉和山峰地区！
船夫和水手的地区！渔民地区！
不可分解的地区！那些紧抱在一起的地区！热情的地区！
那些并排站着的！哥哥和弟弟般的！瘦骨嶙峋的！
伟大的妇女们的地区！女性的！有经验的姐妹们和没有经验的姐妹们！
遥远的地区！被北极圈紧箍着的！吹着墨西哥微风的！各种各样的！紧密连接的！
宾夕法尼亚人！弗吉尼亚人！两个卡罗来纳州的人！

① 指最初组成联邦政府的十三个州。

啊！你们全都被我热爱着，我的无畏的各民族哟！啊，我无论如何要以全部的爱包容你们！

我不能与你们分离，不能与你们中的任何一个分离！

啊，死亡！啊，尽管如此，我还是属于你们中那些看不见的人，此刻正怀着不可抑制的爱，

行走在新英格兰，作为朋友，作为旅行者，

在巴曼诺克的沙滩上，赤脚踏着夏天微波的边沿，

横过大草原，又在芝加哥住下，在每个城镇流连，

观看各种陈列，诞生，改进，建筑物，艺术，

在公众集会上倾听男演说家和女演说家，

像活着时那样，属于各州又遍历各州，每个男人和每个女人都是我的邻舍，

路易斯安那人，佐治亚人，都和我接近，正如我接近他们，

密西西比人和阿肯色人仍然和我在一起，我也仍然和他们中的任何人在一起，

仍然在那主干河流西面的平原上，仍然在我的土坯房子中，

仍然东返，仍然在滨海州或马里兰，

仍然有加拿大人冒着寒冬的冰雪愉快地把我欢迎，

仍然是缅因或花岗石之州①或罗得岛州或帝国之州②的一个忠实的儿子，

仍然在向别的海岸航行并占领它们，仍然在欢迎每个新的弟兄，

在这里，当它们与旧的结合时，我让这些草叶适用于新来的人，

① 即新罕布什尔州。
② 即纽约州。

我自己也来到新人中间成为他们的伴侣和同辈，现在亲自向你们走来，

要求你们和我一起来表演剧情、人物和场景。

15

请紧紧地握住我的手吧，但是要快，赶快向前。

请拼命地跟着我，

（也许要经过多次说服，我才会同意将我自己真正委身于你，但这有什么呢？大自然不也必须多次说服吗？）

我不是怎么优美雅致的，

胡须满面，晒得黝黑，灰色的脖子，难以亲近，我来到了，

当我走过时人们将与我为赢得宇宙间的坚实奖品而搏斗，

因为我将把这些献给任何一个能坚持战斗来赢得它们的人。

16

我在路上停留片刻，

这是为了你，这是为了美利坚！

我仍然高举着现今，仍然欣喜而庄严地预言着各州的前景，

而对于过去，我要宣告大气中所保留的红色的土著人种[①]。

红色的土著人种，

留下自然的呼吸，风和雨的声音，林地中的对于我们已变成名字的鸟兽般的叫唤，

① 指印第安人。

奥科伊，库萨，渥太华，莫农加希拉，索克，纳奇兹，查特胡奇，卡克达，奥罗诺科，

沃巴什，迈阿密，萨吉诺，奇珀瓦，奥什科什，沃拉沃拉，

把这些留给各州，然后他们消失了，给山川定下了名称。

17

从此以后，便飞速地扩展着，

元素，种类，调整，混乱，迅速而大胆，

又是一个永生的世界，光辉的前景不停地涌现和分流，

一个新的种类支配着以前的各个种族，而且更庞大，引起新的争斗，

新的政治，新的发明和技艺，新的文学和宗教。

这些，我高声宣告——我不再睡眠，我起来了，

你们这些曾经与我宁静相处的海洋哟！我在怎样感受着你们深不可测的、骚动的、正在酝酿着的史无前例的暴风雨和狂涛。

瞧，驶过我诗中的冒汽的汽轮，

瞧，进入我诗中的不断前来定居的移民，

瞧，后面的那些棚屋，小径，猎人的茅舍，平底船，玉蜀黍叶子，

新开的土地，粗陋的篱墙，以及森林后面的乡村，

瞧，一边是西海，另一边是东海，它们在我的诗中，就像在它们海滩上那样涨落和汹涌，

瞧，我诗中的草地和森林——瞧，野生的和驯养的动物——瞧，在卡瓦族那边无数的野牛群在啮啃着短而拳曲的草丛，

瞧，我诗中的那些城市，坚固而宏大，在内地，有石铺的街道，有钢骨石块的大厦，川流不息的车辆，以及贸易，

瞧，那些多滚筒的蒸汽印刷机——瞧，那横越大陆的电报，

瞧，那穿过大西洋海底直达欧洲的美利坚脉搏，以及准时回来的欧罗巴脉搏，

瞧，那正在起动的、喘息着吹着汽笛的强大而迅速的火车头，

瞧，那些犁地的农夫——瞧，那些开采的矿工——瞧，那无数的工厂，

瞧，那些拿着工具坐在长凳上忙着的机械工——瞧，从他们中间要产生的优秀的法官、哲学家、总统，走出来，穿着工装，

瞧，我徜徉于各州的商店和田野，被人们深爱着，日夜紧抱着，

听着我的歌从那里发出的响亮的回声——读着那些终于到来的指令。

18

啊，亲密的伙伴！啊，你和我终于见面了，只有我们俩。

啊，用一句话来扫清前面无尽的道路呀！

啊，某种令人陶醉而莫名其妙的东西！啊，狂奋的音乐！

啊，如今我胜利了——你也会这样的；

啊，手拉着手——啊，健康的欢乐——啊，又一个追求者和相爱者！

啊，赶快握着手，握得紧紧——赶快，赶快与我一起向前进。

我自己之歌

1

我赞美我自己，歌唱我自己，
我所承担的一切你也得承担起来，
因为属于我的每一个原子都同样属于你。

我闲游，邀请我的灵魂一起，
我悠闲地俯身观察一片夏天的草叶。

我的舌头，我血液中的每个原子，都由这泥土这空气所构成，
我生在这里，我的父母生在这里，他们的父母也生在这里，
我如今三十七岁，身体完全健康，开始歌唱。
希望不停地唱下去，直到死亡。

教条和学派先不去管，
暂且退回来，满足于它们的现状，可是决不能忘了，
我一味怀抱自然，我允许无所顾忌地述说自然，
以原始的活力，谁也不能阻拦。

2

屋子和房间里充满了香味，架子上也满是芳香，
我独自呼吸这芳香，认识它也喜爱它，
那气息也会使我沉醉，但是我不让它这样。
大气并不是一种芳香，它没有那种气味，它是无臭无味的，
它永远合乎我的口味，我爱上了它，

我要到林边的堤岸上去，去掉一切虚饰，赤裸裸地，
我疯狂地渴望它接触我的身体。

我自己呼出的热气，
回声，涟漪，嘤嘤细语，爱根，合欢树，枝丫和藤蔓，
我的呼吸，我心脏的跳动，我肺部中流动的血液和空气，
绿叶和枯叶的气息，海岸和黑色的海边岩石以及谷仓干草的气息，
从我喉咙里迸出飘散在旋风里的话语的声音，
几个轻吻，几番拥抱，两臂伸出的合围，
柔软的枝条摆动时光和影在树上的嬉戏，
独自一人或在闹市中或沿着田垄和山边行走时的欢喜，
健康的感觉，正午的颤音，我从床上起来迎着太阳时的歌曲。

你以为一千英亩就很多了吗？你以为地球很大了吗？
你曾经长期用功来学会阅读吗？
你因懂得诗歌的意义而感到骄傲了吗？

今天和今夜同我在一起，你就会掌握一切诗歌的来源，
你就会有了大地和太阳的好处（还留下千百万个太阳呢），
你就会不再间接又间接地认识事物，或通过死者的眼睛，或以书本里的幽灵来喂养自己，
你也不会用我的眼睛来观察，或从我获取事物，
你会向所有各方面谛听，并通过你自己把它们滤取。

3

我听见了谈话者的谈话，关于始与终的谈话，

可是我不谈论始与终。

从来没有过像现在这样多的开始，
也没有过像现在这样多的青年和老年，
将来不会有像现在这样的完美，
也不会有像现在这样的天堂或地狱。

冲动，冲动，冲动，
永远是世界生殖的冲动。
对立的对等物从朦胧中前进，永远是物质和增殖，永远是性的活动，
永远是同一性的联结，永远有区分，永远在繁殖生命。

有学问或没学问的人都觉得这样，用不着仔细说明。

像最确定的东西一样确定，像垂直一样正直，紧紧拴住，用梁木牢牢支撑，
像马一样健壮，热情，傲慢，带电，
我和这种神秘，我们就站在这里。

我的灵魂清澈而香甜，那些非我灵魂的东西也清澈而香甜。

缺一则两者俱缺，看不见的由看得见的来证实，
等到后者也看不见了，又照样取证，轮回不已。

指出最好的并把它从最坏的分开，一代烦扰一代，

知道事物是十分和谐安静的，它们争论时我一声不响，走去洗澡，自我欣赏起来。

我的每个器官和属性都受欢迎，任何热心而清洁的人也受欢迎，

没有哪一寸或一寸中的哪一分是坏的，也没有哪一部分比其余的较为陌生。

我很满足——我看呀，跳呀，笑呀，唱呀；

那个紧抱着我和爱我的同床者通宵睡在我旁边，天一亮就悄悄地走了，

留给我一些盖着白毛巾的篮子，满屋子都是，

我应该迟迟不去接受和了解它们，却呵斥我的眼睛，

叫它们别从后面沿着大路向前凝望，

要回头来仔细算算，

一件值多少，两件又值几何，以及哪一件最好呢？

4

游客和探问的人包围着我，

我所遇见的人，我早年的生活，我住过的地区、城市或国家对我的影响，

最近的几个重要日子、发现、发明、社会、新老作家，

我的饮食、衣着、亲友、外表、问候、债务，

我所爱的某个男人或女人的真正的或想象中的冷漠，

我的一个同伙的或我自己的疾病，或者错误，或者金钱的损失或缺少，或者抑郁或兴奋，

战争，内战的恐怖，可疑新闻的流行，时冷时热的事件，

这一切日日夜夜向我袭来，又离我而去，
但它们不是我自己。

不顾任何拉扯，我作为我自己而站立，
站立着，愉快，自足，怜悯，悠闲而完整，
俯视，直立，或者将一条胳臂放在一个无形而可靠的支架上，
歪着脑袋瞧着，且看下一步将发生什么，
既在局中又在局外，观望着，猜测着。

回过头来，我看见自己当年同语言学家和辩论家流着汗穿过浓雾，
我没有嘲笑或争辩，我亲眼看着，等待着。

5

我相信你，我的灵魂，那另一个我决不向你屈就，
而你也决不屈从那另一个。

跟我在草地上闲游，把你喉咙里的塞子拔掉，
我要的不是言语，不是音乐或韵律，不是习俗或演讲，哪怕它们最好也不要，
我只喜欢安静，你那有节制的声音的低吟。

我记得有一回在这样一个明亮的夏天早晨，我们躺着，
你把你的头横搁在我的大腿上，在我身上轻轻地滚动，
然后把我胸脯上的汗衣解开，将你的舌头伸入我那赤裸的心，
直到你摸触到我的胡须，直到你把我的双脚抱住。

一种无可争议的平静和认识迅速地在我周围升起和扩展，
我知道上帝的手便是我自己的诺言，
我知道上帝的精神是我自己的兄弟，
所有出生过的男人也都是我的兄弟，女人是我的姐妹和情侣，
而造化的一根龙骨是爱，
无穷无尽的是田野里那些挺直或低垂的叶子，
它们底下那些小洞中的褐色蚁群，
以及乱石堆、接骨木、毛蕊花、牛蒡草和曲栏上的苔痕。

6

一个孩子说草是什么呢？他两手捧着一大把递给我；
我怎样回答这孩子呀？我知道的并不比他多。

我猜想它是性格的旗帜，由充满希望的绿色质料所织成。

我猜想它是上帝的手帕，
一件故意丢下的芳香的礼物和纪念品，
我们一看便注意到，并说这是谁的？因为它的某个角上带着物主的姓名。

我猜想或者草本身就是个孩子，是植物产下的婴儿。

我猜想或者它是一种统一的象形文字，
它意味着，在或宽或窄的地区同样繁殖，
在黑人或白人中间一样生长，
凯纳克人、塔克荷人、国会议员、柯甫人，我给他们同样的东

西，我对待他们完全一样。

如今我看来它好像是坟墓上没有修剪过的美丽的头发。

我要温柔地对待你，拳曲的草哟，
你可能是从年轻男人的胸口生长出来的，
也许，假如我认识他们，我会爱上他们，
也许，你是从老年人或者从很快就离开了母亲怀抱的婴儿身上生长出来的，
而在这里你就是母亲们的怀抱。

这草叶颜色很深，不会是从老母亲的白头上来的，
比老年男人的无色的胡子也暗黑些，
黑得不像来自淡红色的上颚。

哦，我毕竟看见了这么多说话的舌头，
我看出它们不是无缘无故地从那些上颚来的。

我但愿能够译出那些关于已死的青年男女的暗示，
还有关于老年男人和母亲以及很快离开她们怀抱的婴儿们的暗示。

你想那些青年和老年男人们后来怎样了？
你想那些妇女和孩子们后来怎样了？

他们还活着，好好地在某个地方，

那些最小的幼芽说明实际上没有什么死亡，
即使有过，它也只引导生命前进，而不在末了等候着将它俘虏，
而且生命出现时它便结束。

一切都在向前和向外发展，什么也不会消隐，
而死不同于任何人所想象的，它更加幸运。

7

有人认为出生是幸运的事吗？
我赶快去告诉他或她，死去也一样幸运，而且我知道。
我和垂死者一起经过死亡，与新生儿一起经过诞生，而我不仅局限在我的鞋帽之间，
还要细察各种事物，它们没有哪两个是同样的，而且两个都很好，
大地很好，星星很好，附属于它们的一切也全是好的。

我不是大地，也不是大地的附属品，
我是人们的朋友和同伴，一切都像我自己一样是不朽而无穷的，
（他们不知道怎样不朽，而我知道。）

每种东西都是为它自己和它所有的一切，男性和女性都是为了我的所有，
那些曾经是男孩子的人和现在爱女人的人是为了我，
那个骄傲的和被人轻视时感到多么痛苦的人是为了我，
情人和老处女为了我，母亲们和母亲们的母亲们是为了我，
微笑过的嘴唇、流过泪的眼睛是为了我，

孩子们和孩子们的生育者们是为了我。

去掉那些掩饰吧！你对于我是没有什么罪过的，也不陈腐，也没有被抛弃，

我能透过那白布和花布看出个究竟，

我在你身边，固执，贪求，不倦，也摆脱不掉！

8

小家伙睡在摇篮里，

我揭开纱帐看了许久，用手悄悄地把苍蝇赶走。

小青年和红脸蛋的女孩转身走上灌木丛生的小山，

我从山顶上凝视他们。

自杀者横躺在卧室里血污的地板上，

我看见那头发黏着血液的尸体，注意到手枪掉落在什么地方。

石子道的叽叽喳喳，车辆的轮胎，靴底上的污泥，散步者的谈话，

笨重的马车，举着大拇指发问的车夫，马蹄敲打着花岗石的嘚嘚的声响，

叮叮当当的雪车，大声的说笑，雪球的投掷，

对大众喜爱之物的欢呼，被激起的暴徒的愤怒，

带帘子的担架的震响，里面被抬往医院的一个病人，

仇敌的遭遇，突发的咒骂，打击与扑倒，

激动的人群，佩着星徽迅速挤到人群中心的巡警，

往返接送着回声的无情的铺石，

中暑或发痉挛倒地的过饱或半饥饿者发出的呻吟，

因突发阵痛而赶回家去生孩子的妇人的呼喊声，
活着或已被埋葬在这里的人的演说的震响，为礼貌所抑制的号叫，
罪犯的逮捕，轻蔑，淫邪的勾引，接受，噘着嘴唇的拒斥，
我注意这一切或它们的表现和反响——我来了又走了。

9

村里仓库的大门打开了，一切都已准备好，
收获中的干草装满了缓缓行着的大车，
明澈的阳光照耀在两相辉映的棕灰色和绿色上，
一捆一捆的干草往斜着的草堆搬运着。

我在那里，我给人帮忙，我躺在重载之上，
我享受舒服的颠簸，我交叉着两脚，
我跃过大车的横档，我抓住稗子草和苜蓿，
我一个筋斗翻下来，头发上沾满了稻草。

10

我独自在野外和荒山中打猎，
漫游着，惊奇于我自己的欢快和昂扬，
到傍晚时找个安全的地点过夜，
烧起一堆火将新宰的野味烹享，
然后酣睡在堆积的叶子上，让我的狗和枪躺在身旁。
美国快船在它那摩天的风帆下，它冲开闪电和急雨，
我的眼睛凝望着陆地，我在船头弯着腰或者从甲板上大声欢呼。

船夫们和挖蛤蜊的人起得很早，在停下来等我，

我将裤脚塞进靴筒里，跟着去享受，
那天你真该和我们一起，围着那只杂烩的小锅。

我看远处西边露天的捕兽者的婚礼，新娘是个红种人姑娘，
她的父亲和朋友们盘着腿坐在附近默默地吸烟，他们脚穿鹿皮鞋，肩上披着又大又厚的毛毡，
捕兽人懒倚在河岸上，他穿的大都是兽皮，他那浓密的胡子和鬈发围着他的颈项，他拉着他的新娘的手腕，
她有长长的眼睫毛，她的头光着，她那粗直的长发垂落在丰腴的四肢上，直到脚边。
一个逃亡的奴隶来到我的屋前，站在外面，
我听见他折断木柴堆上细枝的声响，
从半开的厨房门里我看见他是那么软弱无力，
便走到他坐着的圆木边，把他领进来，叫他别慌，
然后打来水倒进一只盆里，叫他洗洗汗湿的身子和受伤的脚，
分给他一个从我卧室进去的房间，给他些干净的粗布衣裳，
我还清清楚楚记得他那溜溜转的眼睛和他的尴尬神情，
还记得用药膏涂抹在他颈部和脚踝上的创伤，
他和我在一起待了一个星期才复原，然后继续北上，
我曾经让他坐在我旁边吃饭，屋角里斜立着我的火枪。

11

二十八个青年人在海边洗澡，
二十八个青年人个个都非常友好，
二十八年的闺房生活却那样寂寥。

她拥有岸边高处那所精美的房子，
她俊俏，衣着华美，躲藏在窗帘背后。

那些青年人中她最喜欢哪一个呢？
哦，其中最平常的一个她看来最美。

姑娘，你要到哪里去？我看得见你，
你好像在那边的水中嬉戏，但却静立在自己的屋里。

跳着，笑着，沿着海滩，第二十九个洗浴者翩然来临，
别的人没有发现她，可她看见了他们并喜爱他们。
青年们湿漉漉的胡子在发光，水珠从他们的长发上滴落，
他们浑身挂着些细小的溪流。

一只看不见的手也在他们身上到处抚摩，
它从额角和肋骨往下移，微微地哆嗦。

青年们仰面浮游，他们的白肚皮朝着太阳隆起，也不问有谁在紧紧地抓住他们，
他们不知道谁正低着头弓着身子在那里喘息，
他们没有去想他们击起的水花溅湿了谁。

12

屠夫的小伙计把屠宰服脱下，或者在市场的肉案旁磨着屠刀，
我逗留在那里，欣赏他敏捷的对答和来回推动时舞蹈般的动作。

毛茸茸的胸脯上满是汗渍的铁匠们围绕着铁砧，
一个个抡着大锤，使着浑身的力气，炉火中是最大的高温。

我从撒满煤渣的门口观望着他们的动作，
他们那柔韧的腰身和那粗壮的两臂十分协调，
他们高高地抡着大锤，挥动得又从容又准确，
他们不急不忙，每人都打在正合适的地方。

13

黑人牢牢地抓住他那四匹马的缰绳，挂在链子上的木块在下面摇晃，

赶着石场里那辆大车的黑人，壮实而高大，一条腿站稳在踏板上，

他的蓝衬衣在腰带的上方解开，露出他那肥大的脖子和胸膛，

他的眼神镇静而威严，他把耷拉着的帽檐推往后面，

太阳照着他那拳曲的头发和胡子，照着他那黑溜溜完美的臂膀。

我看见了这个图画般的巨人并爱上了他，可是我并不停留在那里，

我也跟马车一起向前走去。

无论在哪里行动，是向前还是向后回转，我身上永远有个生命的爱抚者，

我对僻静的角落和青少年都俯身照看，不漏掉一人一物，

我将一切吸收到自己身上，为了这首诗歌。

嘎嘎作响地背着牛轭和链条前进或停在树荫里的牛群哟，你们眼睛里所表示的是什么？

这对于我好像比我一生读到的还要多。

在我整天漫游的长途上，我的脚惊起了一群野鸭，
它们一齐飞起来，它们缓缓地盘旋着。

我相信这些带翅者的目的，
也承认那红的、黄的、白的颜色都在我心中起作用，
我认为绿的、紫的和球状的花冠都各有深意，
并不因为龟只是龟而说它毫无价值，
林中的鸟从不学音乐，但我觉得它唱得很美，
栗色的母马只需一瞥，就使我对自己的笨拙感到羞愧。

14

野鹅领着鹅群穿过清冷的夜空，
它叫着“呀——哼”，这声音传来像对我发出的邀请，
粗心大意者可能认为这毫无意义，但我却细心倾听，
找到它的用意和在冬夜天空中的踪影。

北方的尖蹄麋，门槛上的猫，山雀，场拨鼠，
在哼哼着的母猪身旁使劲拉扯着它的奶头的一群小猪，
火鸡的幼雏和半张着翅膀的母火鸡，
我在它们身上和我自己身上看到了同一条古老的定律。

我的脚一践踏大地就流出一百种温柔情意，
它们无视我为描述它们而做出的最大的努力。

我热爱在户外生存，
热爱生活在牛群中或尝着海洋或森林气味的人们，
热爱建筑工和船上的舵工，以及挥动斧头锤子的人和马夫，
我能够一个又一个星期地和他们在一起食宿。
什么东西最普通，最廉价，最近，最平易，那就是我，
我去寻找机会，花钱买最大的收获，
把我自己打扮好，把自己送给第一个愿意接受我的人，
也不要求上天来俯就我的心意，
只永远把它无偿地四处散播。

15

琴室里柔和的女低音在歌唱，
木匠在加工他的厚木板，刨子的铁舌头发出拼命高扬的尖叫声，
已婚和未婚的小伙子们骑马回家赶赴感恩节的夜宴，
舵手抓住主舵柄，用强壮的手臂往下推送，
大副紧张地站在捕鲸船上，矛和鱼叉都已经准备好，
打野鸭的人悄悄地走着，小心地走走停停，
教会的执事们在圣坛前交叉着两手领受圣职，
纺纱女郎随着大纺轮嗡嗡的响声时退时进，
星期日漫步前来查看燕麦和裸麦的农夫停留在栅栏旁边，
疯子的病已经确诊，被送进了疯人院，
（他再不能像以前那样睡在母亲卧室里的小床上了；）
头发灰白、下颚瘦削的排字工在他的活字盘边工作，
他咀嚼着烟叶，当他的眼睛给原稿纸弄模糊了；
畸形的肢体给绑在外科大夫的手术台上，
那些割掉的部分被可怕地丢进桶里；

黑白混血的姑娘在拍卖场出卖，醉汉在酒吧间的炉火边打瞌睡，

机械工卷起了袖子，值班的警察在巡逻，看门人注意着谁在走过；

小伙子赶着快车，（我爱他，尽管我并不认识他，）

混血儿将他的跑鞋系好，准备参加比赛，

西部的火鸡狩猎吸引着老年人和青年，有的倚着枪，有的坐在圆木上，

射手从人群中走出，站好位置，举枪瞄准；

新来的移民群拥挤在码头或大堤上，

头发茸茸的人在甜菜地里锄地，监工坐在马鞍上瞧着他们，

跳舞厅里吹响了喇叭，绅士跑去找他们的舞伴，跳舞者相对鞠躬，

年轻人醒着躺在松木屋顶的阁楼上静听有节奏的雨声，

密歇根人在注入休伦湖的小河湾里布下捕猎的陷阱，

裹着黄边围布的印第安妇女在兜售鹿皮鞋和用珠子串成的小袋，

鉴赏者半闭着向下斜睨的眼睛，沿着展览厅的长廊行走，

水手们把轮船停稳了，抛下跳板给上岸的旅客使用，

妹妹伸手撑着一团线卷，姐姐把它卷成球，不时停下来解开疙瘩，

新婚一年的妻子一周前生了头一个婴儿，如今正在复原，感到很快乐，

头发干净的美国姑娘在缝纫机前或者在工厂或车间里工作，

筑路工人倚着他的双柄大木槌，报道员用铅笔在笔记本上迅速书写，

画招牌的人用蓝色和金色在描字母，

运河上的小伙子在纤路上一步步移动，记账员在桌子前算账，鞋匠在麻线上打蜡，

指挥在给乐队挥打节拍，全体演奏员都听从着他，

孩子受洗过了，这个新入教者正在做头一回信仰表白，

比赛的船只布满了海湾，竞赛开始了，（白帆多耀眼呀！）

赶牲畜的看守着他的牲口，他向那些要走散的大声呼喝，

小贩背上扛着包，累得流汗，（购买者在争一分钱零头，）

新娘抹平她的白礼服，时钟的分针在缓缓移动，

吸鸦片的人歪在那里僵直着头颈，他刚好张开嘴唇，

妓女拖着披肩，软帽在她那歪歪倒倒的长满了疙瘩的脖子上颤动，

众人嘲笑她那下流的咒骂，男人们彼此挤眉弄眼地嗤笑，

（可怜啊！我就不嗤笑你的咒骂，也不嗤笑你；）

总统在召开内阁会议，为那些显赫的部长所包围，

广场上有三位庄严友好的妇人在挽着臂膀行走，

一群小渔船上的船夫们将鲽鱼一层层铺在船舱里，

密苏里人跨越平原运送他的货物和牲口，

收票员在车厢中穿过，让手里的零钱锵锵作响以引起注意，

地板工在铺地板，洋铁匠在盖屋顶，泥水匠在吆喝着要灰泥，

小工们各自扛着灰桶成单行前进；

时序更迭，那些难以形容的人群聚集在一起，那是七月四日，（多么庄严的礼炮和轻武器的欢声！）

时序更迭，犁田的犁田，割草的割草，冬天的种子播到了地里；

远处大湖上捕梭鱼的人在冰上的洞边守望着和等待着，

砍伐后的树桩在开垦地密密麻麻地站着，垦民们用斧子把它们猛劈，

平底船的船夫们到黄昏时赶快把船在白杨和胡桃树附近拴稳，

追捕浣熊的人走遍了红河地区或被田纳西河吸干的地区或阿肯色河地区，

在查特胡奇河或阿尔塔马哈河上的黑暗中照亮着火炬，

家长们坐下来晚餐，周围是儿子、孙子和曾孙们，

在土坯墙内，在帐篷下，猎人和捕兽者们在追逐一天之后休息了，

城市睡了，乡村也睡了，

活着的人在他们需要的时候睡了，死了的人也在他们需要的时候睡了，

年老的丈夫在他妻子身边睡着，年轻的丈夫也在他妻子身边睡着；

这一切都向内进入我心中，而我向外走近他们，

正如这些事物是这样的，我也或多或少地是这样的，

我用这一切编织成我自己之歌。

16

我既年老又年轻，既愚蠢又同样聪明，

既不关心别人又永远在关心别人，

既是慈母又是严父，既是孩子又是成人，

塞满了粗糙的东西又塞满了精美的东西，

是许多民族组成的民族中的一员，他们最小的和最大的全都一样，

我是南方人也是北方人，是住在奥科伊河旁边的一个冷漠而又好客的农民，

一个准备好按照自己的方式去经商的美国人，其关节是世界上最柔软的关节也是世界上最坚强的关节，

一个打着鹿皮裹腿在埃尔克霍恩河谷里行走的肯塔基人，一个路易斯安那人或佐治亚人，

一个在湖上、海湾或沿着海航行的船夫，一个“乡巴佬”，一只“獾子”，一只“蝴蝶”，①

① 这些分别是印第安纳人、威斯康星人、俄亥俄人的绰号。

习惯于穿着加拿大人的雪鞋，或者在丛林地带活动，或者在纽芬兰跟渔夫们一起，

习惯于在一队冰船里与其他人一起航行，有时曲折前进，

习惯于在佛蒙特的山上，或者在缅因的树林中，或者得克萨斯的牧场上，

是加利福尼亚人的伙伴，是自由的西北部人的同志，（喜爱他们的魁梧身躯，）

筏夫和运煤工的伙伴，一切握手欢聚和共进酒肉的人的伙伴，

最朴实的人的学生，最有头脑的人的教师，

一个刚刚开始可又有了许多经历的新手，

我是个属于各种肤色和各个阶级、属于各种地位和宗教的人，

一个农夫，机械工，艺术家，绅士，水手，教友派信徒，

囚徒，幻想家，无赖，律师，医生，牧师。

我拒绝优于我自己的多样性的一切，

吸进空气，但将大量的留在我后头，

我并不骄傲，只是自得其所。

（飞蛾和鱼子各得其所，

我看得见的明亮的星球和我看不见的黑暗的太阳都各自适得其所，

那些摸得着的适得其所，那些摸不着的也适得其所。）

17

这些真正是各个时代、各个地方所有的人的思想，它们并非从我开始，

如果它们不像属于我一样也同时属于你，它们就没有什么意义，

或毫无意义，

如果它们不是谜语和谜语的揭底，它们也没有什么意义，

如果它们既不是接近的同样地不是遥远的，它们也没有什么意义。

这是在凡有陆地和水的地方生长着的草，

这是洗浴地球的普通空气。

18

我带着我的雄壮的音乐，带着我的号和鼓来了，

我不单为公认的胜利者吹奏进行曲，我也为被征服者和被杀戮的人奏进行曲。

你听说过赢得胜利是好的吧？

我说失败也好，战争是在同样的精神上打败或打赢的。

我为死者擂鼓，

我通过我的管乐器为他们吹奏最嘹亮最欢快的乐曲。

失败的人们万岁！

那些在海上被击沉了战船的人万岁！

那些沉落在海里自尽的人万岁！

所有失败的将军、被征服的英雄们万岁！

那无数的与最伟大的英雄们平等的无名英雄们万岁！

19

这些平均分配的食品，这是为自然饥饿者准备的肉食，

它是同样为恶人和正直的人准备的，我和所有的人定下了约会，
我不让任何一个人受怠慢或被遗漏，
受人蓄养的女人、食客和窃贼在这里被邀请了，
厚嘴唇的奴隶被邀请了，性病患者也被邀请，
他们与其他人之间没什么区分。

这是一只羞怯的手在抚摩，这是头发在飘拂和散发香味，
这是我的嘴唇在接触你的嘴唇，这是渴望的低语，
这是反映我自己面孔的遥远的深度和高度，
这是我自己的深思的融入，然后又露出。

你猜想我有什么复杂的目的吗？
是的我有，因为四月的阵雨有，岩石旁边的云母也有。

你认为我有意使人吃惊吗？
日光使人吃惊吗？早晨在林子里到处啼叫的红尾雀呢？
难道我比它们更令人吃惊吗？

此刻我要说些心里话，
我不会告诉任何人，可是我要告诉你。

20

谁在那里？那如饥似渴的，粗野的，神秘的，赤身裸体的；
我怎么从我所吃的牛肉中摄取力量呢？
总之，人究竟是什么？我是什么，你是什么？

凡属我标明是我自己的，你都将用你自己的来抵消，
不然你听我说话就是浪费时间了。

我不为全世界那些哭哭啼啼而啜泣，
他们认为岁月空虚，大地只是泥潭和污浊而已。

把啜泣和献媚与药粉包在一起给病人去吃吧，让我们的远亲去循规蹈矩吧，
我高兴戴着我的帽子，无论是出门或在屋里。

我为什么要祈祷呢？我为什么要恭顺有理呢？

研究了各个方面，经过精密的分析，请教过医生，也仔细计算过了，
我发现只有贴在我自己骨头上的脂肪才是最香甜的。

我在一切人的身上看到我自己，不多也不差毫厘，
我对我自己的褒贬对他们也同样合适。

我知道我是结实而健康的，
宇宙间的一切都向我长流不息，
一切都给我写下了，我必须了解其含义。

我知道我是不死的，
我知道我的环形轨迹不是木匠的圆规所能画成！
我知道我不会像小孩晚上用火棒划出的火环那样随即消隐。

我知道我是庄严的，

我不想耗费精神去为自己申辩或求得人们的理解，

我懂得根本的法则从来不为自己辩解。

（我估计我的行为毕竟并不比我建造房子时所用的水平仪更加高贵。）

我就照我自己的现状生存，这已经够了，

即使世界上再无人意识到这一点，我仍满足地坐着，

要是世上所有的人都意识到了，我也满足地坐着。

有个世界是意识到了的，而且对我说来是最大的世界，那便是我自己，

无论今天我能得到或要千百万年以后我才能得到我应得的一切，

我现在就愉快地接受，或同样愉快地等待。

我的立足点是同花岗岩连着的，

我嘲笑你们所谓的消亡，

我知道时间是多么宽广。

21

我是肉体的诗人，我也是灵魂的诗人，

天堂的欢乐和我在一起，地狱的痛苦也和我在一起，

我把前者嫁接在我身上并使之增殖，我把后者译成新的言语。

我是男人的诗人，也同样是女人的诗人，

而且我说做个女人也像做个男人一样伟大，

而且我说世界上没有什么能大过人的母亲。

我唱着扩张或骄傲的歌，
我们已经低头和求饶得够了，
我指出宏伟只不过是发展的结果。

你超越了其余的人吗？难道你是总统？
那没有什么，我们每个人都不只到达那里，还继续前进。

我是那个同温柔的、生长着的夜一起行走的人，
我呼唤着被黑夜半抱着的大地和海洋。

紧紧地压着吧，袒胸的黑夜——更紧些，有魅力的抚慰人的黑夜呀！
南风的夜——疏星朗朗的夜呀！
静静地打着瞌睡的夜——疯狂的裸体的夏天的夜呀！

啊，呼吸清凉的娇娆的大地，微笑吧！
宁静地微睡着的树木的大地呀！
夕阳已坠的大地——云雾缭绕山头的大地呀！
刚染上淡蓝色的皎月光辉的大地呀！
阳光与黑暗斑驳闪映着河川潮流的大地呀！
因为我而更加明亮清澈的灰色云雾的大地呀！
远远地环抱一切的大地，开满了苹果花的大地呀！
微笑吧，因为你的情人来了。
浪子哟，你给了我爱情——因此我也给予你爱情！

啊，这难以言传的炽热的爱情。

22

你，大海哟，我也把自己委托给你——我猜得着你的心意，
我从海岸上看见你那弯曲的手指在召唤我，
我相信你没有触摸到我便不愿回去，
我们只得在一起周旋一番，我脱下衣服，赶忙离开陆地，
你轻柔地托着我吧，摇着我在大浪上昏昏欲睡，
用多情的水波冲刷我，我能报答你。

浪涛向陆地滚滚而来的大海呀，
呼吸粗犷和阵阵喘息的大海呀，
供人以生命之盐和无须挖掘而随时准备好了的坟墓的大海呀，
叱咤风云、任性而又文雅的大海呀，
我与你合在一起，我也是既简单而又多样的。
我分享你的涨落，赞颂仇恨与调和，
我赞颂爱侣和那些睡在彼此怀抱中的同伙。

我是那个为同情心做证的人。
（我应该为屋子里的东西列出清单而漏掉保存它们的屋子吗？）

我不仅是善的诗人，我还不拒绝做一个恶的诗人。

这种关于道德和邪恶的空谈有什么意思呢？
邪恶推动我，改邪归正推动我，我是不偏不倚的，
我的行为表明我既不苛求也不拒绝，

我给一切生长物的根芽浇水。

你害怕过因长期怀孕而得的瘰疬病吗？
你猜想过天国的法律还得重新制定和修正吗？

我发现一边是一种平衡，相对的一边也是一种平衡，
软性的教义也像坚强的教义一样是可靠的帮助，
现在的思想和行为能促使我们奋起并及早动身。

我现在面临的这分钟是从过去的亿万分钟而来的，
再没有比它和现在更好的了。

过去品行端正或现在品行端正都不是什么奇迹，
永远永远的奇迹是竟有卑鄙小人或不信宗教者出现在这里。

23

千年万代留下的言语不断在眼前展开呀！
而我的是一个现代的词，“全体”。

这是个永不动摇的信仰的词，
此刻或今后它对我完全一样，我无条件地接受时间的磨蚀。

唯独它没有瑕疵，唯独它使一切圆满、完美，
唯独那个神秘的令人迷惑不解的奇迹能完成一切。

我接受现实，我不敢对它提出疑问，

唯物主义始终贯穿在一切之中。

为实证的科学欢呼！精确的论证万岁！
把掺和着松杉和丁香枝的蝎子草拿来，
这是词典编纂者，这是化学师，这个人编了一部古文字语法，
这些水手将船只驶过险恶的不知名的海域，
这是地质学家，这个人用手术刀工作，这是位数学家。

先生们，最高的荣誉永远属于你们！
你们的事实很有用，但它们并不是我的住处，
我只是经由它们走进我居住的地区。

我的言语中涉及已知属性的比较少，
较多地涉及的是没有揭示过的生命，以及自由和解脱，
它轻忽中性和阉割了的东西，重视机能完备的男女，
还敲起号召叛乱的锣鼓，与亡命者和密谋造反的人在一起逗留。

24

沃尔特·惠特曼，一个宇宙，曼哈顿的儿子，
狂乱，肥壮，多欲，能吃，能喝，善于繁殖，
不是感伤主义者，不凌驾于男人和女人之上，或远离他们，不谦恭也不放肆。

把门上的锁拆下来！
把门也从门框上撬下来！

谁贬低别人就是贬低我，
无论什么言行最终都归结到我。

灵性汹涌澎湃地通过我奔流，潮流和指标也从我身上通过。

我说出原始的通行口令，我发出民主的信号，
上帝啊！如非所有的人在同样条件下所能相应地得到的东西，我决不接受。

通过我发出了许多长期哑默的声音，
一个又一个世代的囚犯和奴隶的声音，
病人和绝望者以及盗贼和侏儒的声音，
准备和长生轮转不息的声音，
连接群星的线的声音，子宫与精子的声音，
还有那些被别人践踏的人的权利的声音，
畸形者、渺小者、呆板者、愚蠢者、被蔑视者的声音，
天空的浓雾和转着粪丸的甲虫的声音。
通过我发出的被禁止的声音，
性的和情欲的声音，原来被遮掩而现在让我揭开了的声音，
由我澄清并转化了的淫秽的声音。

我没有用手指堵住我的嘴，
我对于腹部周围像对于头和心脏周围那样保持高洁，
性交对于我并不比死亡更为淫邪。

我赞成种种的欲念和肉感，

视觉、听觉和感觉是神奇的，我的每一个部分和附属品都是奇观。

我里外都是神圣的，我使我所接触的及接触过我的一切都变得圣洁，

这些腋窝里的气味是比祈祷更美的芳香，

这个头比教堂、《圣经》以及所有的信条更美。

如果我崇拜一物胜过另一物，我更崇拜的，我自己的横陈着的身体或它的任一局部呀，那就是你！

我的半透明的模型呀，那就是你！

阴凉的棚架和休憩处呀，那就是你！

坚硬的男性犁头呀，那就是你！

凡是来到我耕地的呀，那就是你！

你是我丰富的血液！你那乳状的流体是我生命的灰白的奶汁！

紧压在别人胸脯上的胸脯呀，那就是你！

我的脑子，你那奥秘的回旋呀，那就是你！

洗涤过的香菖蒲的根子呀！胆怯的池鹬呀！被守卫的双生鸟卵的小巢呀！那就是你！

在头上混杂和纠缠着的干草、胡子、肌肉呀，那就是你！

枫树的流淌着的液汁，刚毅的小麦秆纤维呀，那就是你！

多么慷慨的太阳呀，那就是你！

使我的脸时明时暗的蒸汽呀，那就是你！

你出汗的溪流和露水呀，那就是你！

用柔软而逗弄人的生殖器摩擦着我的风呀，那就是你！

宽阔健壮的田野呀，活橡树的枝子呀，我那曲径上的爱恋的游

客呀，那就是你！

我所握过的手呀，我所吻过的脸呀，我曾经抚摩过的生灵呀，那就是你！

我溺爱我自己，这里有我包含的大量东西，还全都那么香甜，
每个瞬间和任何发生的事情都使我因欢乐而微颤，
我说不出我的脚踝怎样弯曲，我的最微小的愿望来自何处，
也说不出我散发的友情的根由，以及我重新取得的友情的缘故。

我走上我的台阶，我停下来想想它是否真实，
我窗口的一朵牵牛花比图书中的哲理更使我满意。

看看破晓时的光景！
那一点点曙光把庞大透明的阴影冲淡了，
我觉得空气的滋味那么清新。

那天真地欢跳着、转动着的世界的大部分正悄悄升起，清新地喷薄着，
忽高忽低地倾斜着前进。

我看不见的某种东西高举着色欲的尖头工具，
海洋般明亮的液汁喷洒着天宇。

大地紧倚着天空，它们每天都连接起来，
那时我头上升起了从东方涌现的挑战，
嘲弄而威吓地说，看你能不能充当主宰！

25

强烈耀眼的朝阳会多么迅速地把我杀死，
假如我不能立即并永远将朝阳从我的心中送出。

我们也像太阳那样强烈而耀眼地上升，
啊，我的灵魂，我们在破晓时的安静和清凉中找到了我们自己的本分。

我的声音追踪着我的眼睛所达不到的东西，
我以我舌头的转动绕遍无数的大千世界。

言语是我的视觉的孪生兄弟，它是不能凭它本身衡量的，
它永远刺激我，用讥讽的口气说：
“沃尔特，你包含得够多了，那么你为何不把它放出呢？”

得了，我不会受你捉弄，你把发声看得太重要了，
难道你不知道？言语啊，你底下的花蕾是包着的，
在阴暗中等候着，受寒霜保护着，
污泥随着我的预言般的尖叫而退避，
我是最后使它们平衡的内在缘由，
我的知识是我生命的部分，它与万物的意义相联系，
还有幸福，（无论谁听见我说起它，就让他或她今天出发去寻觅。）

我决不把我的最终价值告诉你，我拒绝说明我作为我的实质，
包罗万象，但千万别试图来包罗我，

我只要朝着你看去，便能勒索到你的最光滑最精美的东西。

文字和言谈不能证明我，
我将一切证明和每一样别的东西都摆在我脸上，
我的嘴唇一闭紧，怀疑论者就对我实在是无可奈何。

26

如今我除了倾听以外什么也不干，
为了把我所听到的一切注入这支歌中，让声音对它做出贡献。
我听见鸟雀的鸣啭，成长中的小麦的喧哗，火焰的闲谈，烧饭时木柴的爆炸，
我听见我所爱的声响，人类谈笑的声音，
我听见所有的声音一齐交响，汇合着，混淆着，或者彼此追随，
城市的声音，城外的声音，白天和黑夜的声音，
健谈的青年对那些喜爱他们的人的谈话，工人吃饭时的大笑声，
友情破裂后的怨怒，病人的微弱语调，
双手紧按在桌上的法官以苍白的嘴唇宣布死刑的声音，
码头旁边卸货的船夫们的杭育声，起锚工人的反复哼唱，
警钟的长鸣，火警的呼喊，伴着铃声叮当、灯光灿烂疾驶而来的机车和水龙车的呼啸，
汽笛声，列车进站时缓缓滚动的轮声，
双人纵队行进时在它前头吹奏的慢声进行曲，
（他们去保卫死者，旗杆顶上缠着的黑纱在风中飘动。）

我听见提琴的低奏，（它是青年人内心的倾诉，）
我听见安着键钮的短号的鸣声，它迅速溜进我的耳朵，

它穿过我的腹部和胸膛，激起了剧烈而香甜的痛苦。

我听见合唱队，它是一部大型歌剧，
啊，这才是真正的音乐，它合乎我的心意。

一个像宇宙般宽广而清新的男音鼓舞着我，
他那圆圆的口型把我灌注得满怀欢乐。

我听见一个很有修养的女高音，（与她的工作比起来我这算得了什么？）
那弦乐队领着我旋转，使我飞得比天王星更远，
它从我心中攫取了我以前并不知道自己有过的激情，
它漂浮着我，我划着一双被懒懒的水波舔着的光脚游动，
我为猛烈狂怒的冰雹所袭击，我透不过气来，
又沉浸在甜蜜的麻醉剂中，气管快要窒息，好比绞索在勒紧，
最后又被放松，又来体验这谜中之谜，
而这就是我们所谓的生存。

27

以随便什么形式出现的，那是什么？
（我们一圈圈绕着走，我们都这样，而且总是回到原处，）
如果什么也不发展，那么硬壳中的蛤蜊也就够了。
我身上的却不是硬壳，
无论我前进或停止，我浑身都是灵敏的导体，
它们抓住每个物体并领着安全地通过我。

我只要动一动，按一按，用我的手指摸摸，就感到快乐，
将我的身体与另一个人的碰碰，就叫我乐得难以消受。

28

那么这是一次接触吗？我颤抖着成了一个新人，
火焰和以太向我的血管冲来，
我那背叛的尖头也凑着挤过去帮助它们，
我的肉和血发出电光去打击那与我自己几乎没什么不同的一个，
淫欲的挑拨者从四面八方袭来，使我的四肢发硬，
压挤着我心的乳房，索要它所保留的乳汁，
它们朝着我放肆地行动，不容我拒绝，
好像有意要把我身上最精粹的东西剥夺净尽，
解开我的衣扣，抱着我的赤裸裸的腰身，
使我困惑地淹浸在阳光和牧野的恬静之中，
将其他的感觉毫无顾忌地撩在一旁，
它们为了将触觉换走而使用贿赂，去把我的边缘细啃，
毫不考虑，也不顾及我那行将耗尽的体力和我的怨愤，
把周围牧群里的剩余者拿来享受了一番，
然后联合起来站在岬角上把我捉弄。

哨兵撤离了我的每一个其他部位，
他们抛下我无助地落于凶恶的掠夺者之手，
他们都来到岬角上观看并帮助反对我。

我被叛徒们出卖了，
我粗野地说话，我失去了理智，我自己而非别人才是最大的叛

逆者，

我自己最先走到岬角上，是我自己的双手把我带到那里的。

你险恶的接触呀！你究竟在干什么？我的呼吸已经在喉咙里梗塞，

把你的水闸打开吧，你实在使我经受不住了。

29

盲目的、热爱的、挣扎着的接触，带鞘的、戴着头巾的、尖牙利齿的接触呀！

离开了我，也使你疼痛过吗？

离去之后是再来，永远偿还着永久的债务，

丰沛的阵雨，接着便是更加丰厚的报酬。

幼芽扎根了便繁殖，茂密而生机蓬勃地站在路旁，

被掩映的风景既开阔辉煌又威武雄壮。

30

一切真理都在一切事物中等候，

它们既不急于也不拒绝自己的分娩，

它们不需要外科医生的催生钳子，

那些微末的东西对我说来也像任何东西一样显眼，

（比一次接触少一点或多一点意义的又是什么呢？）

逻辑与说教从来不能使人相信，

夜晚的湿气更深地渗入我的灵魂。

（只有那些对每个男人或女人证实自己的东西才是这样，
只有那些谁也不否认的东西才是这样。）

一个瞬间和我的一个点滴就使我的头脑清醒，
我相信润湿的土块会变成情侣和灯，
而纲领中的纲领是男人或女人的肌肉，
它们对彼此的感觉是一个高峰和花朵，
它们将从那一刻无限地分枝发展，直到能制造万物，
直到一切的一切使我们高兴，我们也使它们快乐。

31

我相信一片草叶的意义不亚于星星每日的工程，
一只蝼蚁，一粒沙，一枚鷦鷯蛋，也同样地完美，
雨蛙也是造物者的一件精心杰作，
四处蔓延的黑莓可以装饰天堂的客厅，
而我手上一个最小的关节能藐视一切机器，
低头吃草的母牛能胜过任何一座塑像，
一只小鼠便是奇迹，足以使千千万万个异教徒震惊不已。
我发现我是片麻岩、煤、苔藓、果实、谷粒和可口的菜根的混合物，
并且浑身粉饰着飞禽和走兽，
我还蛮有理地把背后的东西抛得远远，
但需要时又可把任何一件叫回到我面前。

逃跑或畏缩是徒然的，
火成岩喷出古老的烈火来抵制我的接近是徒然的，
乳齿象退缩到它自己的粉碎的骨头底下是徒然的，

物体远离我站着并装出种种不同的形状是徒然的，
海洋静伏在深凹处是徒然的，巨大的怪物低身偃卧着是徒然的，
秃鹰让自己与苍天同住是徒然的，
蛇滑行着穿过藤蔓和木材是徒然的，
麋鹿躲藏到树林深处是徒然的，
尖喙的海鸟远远地向北漂航到拉布拉多是徒然的，
我迅速地跟着，我上升，直到悬岩裂缝中的巢穴。

32

我想我能转而与动物一起生活，它们是那么平静，又那么自足，
我站着将它们观察了许久许久。

它们并不为自己的处境费力和叫苦，
它们并不睁眼躺在黑暗中为自己的罪过哭泣，
它们并不谈论它们对上帝的职责而令我厌恶，
没有一个不满足，没有一个因热衷于拥有财产而丧失理智，
没有一个向别人或向一个生活在数千年前的同类下跪，
整个地球上没有哪一个令人尊敬或整天憔悴。

它们这样表明了对我的关系，我接受了，
它们给我带来了我自己的表征，并且证明这些已为它们所据有。
我奇怪它们怎么会拿到这些表征，
难道我老早以前曾走过那里，不小心把它们丢了？

那时，现在，乃至永远，我自己一直向前行走，
一直在很快地收集和出示着更多的事物，

数量无限，包罗极广，其中也有与这些相类似的，
对那些接近我的作为纪念品的东西也不过分排除，
并在此挑拣了我所爱的一个，现在我和它一起前行，亲如手足。
一匹雄壮健美的骏马，精神抖擞，又欣然接受我的抚摩，
它前额高耸，两耳之间距离宽阔，
四肢光滑而柔韧，长尾拂地，
两眼喷射着机警的光芒，两耳尖如削竹，在灵巧地抖动着。

我的两个脚跟将它抱住时，它的鼻孔张大了，
当我们飞跑一圈又回来时，它那造型完美的四肢在喜悦地颤抖。

雄马啊，我只使用你一分钟，然后便放弃了，
我何必用你代步，当我自己跑得更快的时候?
即使我站着或坐着，我也比你更快呢。

33

空间和时间啊，如今我发现我所猜想的都对了，
我在草地上闲游时所猜想的，
我独自躺在床上时所猜想的，
以及我在凌晨逐渐暗淡的星光下散步于海滩时所猜想的，都一一证实了。

我的羁绊和镇压物离开了我，我的两肘搁在海湾里，
我绕着层峦起伏的山巅，我的手掌覆盖着大地诸洲，
我是凭我的幻想在周游。

在城市方形的房子旁边——在木屋里，与木材工人一起露宿，

沿着设有关卡的路上的车辙，沿着干涸的溪谷和小河床，

在洋葱地里除草或是锄着一畦畦的胡萝卜和防风草，横过草原，在森林中漫步，

探矿，挖金，将新购进的树木用一根带子围上，

走过深到脚踝的灼热的沙地，将我的小船拖入浅浅的河流，

在那里，豹子在头顶一根大树枝上来回走着的地方，在羚羊狞恶地回头看着猎人的地方，

那里，响尾蛇在岩石上曝晒它那柔软身躯的地方，水獭在吞食游鱼的地方，

那里，鳄鱼披着坚硬的瘰疬在河湾里酣睡的地方，

那里，黑熊在寻觅树根和蜂蜜的地方，海獭以它的桨形尾巴拍打泥土的地方，

在生长着的甜菜的上空，在开着黄花的棉田的上空，在低湿田地里的水稻上空，

在顶上有扇形污迹、檐沟里长着杂草的尖顶农舍的上空，

在西部的柿子树上空，在叶子长长的玉蜀黍上空，在纤巧的开着蓝花的亚麻上空，

在白色和褐色的当中有嗡嗡嘤嘤之声的荞麦上空，

在随风摇荡着形成光影细浪的暗黑色裸麦的上空；

我攀登高山，抓住低矮坚韧的细枝，抻着身子而上，

我在青草中被踏平的小径上拂开枝叶纷披的矮树丛，

那里鹌鹑在树林和麦田之间鸣叫，

那里蝙蝠在七月的黄昏时飞舞，那里巨大的金甲虫掉落在黑暗中，

那里溪水从老树根涌出，向草地流去，

那里牛马在站着，战栗地抖动着皮肉驱赶苍蝇，

那里奶酪布挂在厨房里，柴架放在炉板上，蜘蛛网像彩饰般从椽上坠落，

那里大锤在沉重地打击，那里印刷机的滚筒在转动，

那里人的心脏可怕而痛苦地在肋骨下跳荡，

那里形状如梨的气球高高地飘浮起来，（我自己在里面一起飘浮，安详地俯视下方，）

那里救生船用活套拖拉着前进，那里高温在沙坑里孵着淡绿色的鸟卵，

那里母鲸携带着它的小鲸在游泳并从不把它遗忘，

那里汽船背后拖着长长的烟幡，

那里鲨鱼的大鳍像出水的一片黑刃劈开水浪，

那里烧掉了一半的双桅帆船在陌生的激流中漂行，

那里死者已在舱底腐烂，贝壳已在黏滑的甲板上生长，

那里星星密布的旗帜高举在队伍前头，

沿着伸展得长长的岛屿向曼哈顿行走，

在尼亚加拉下面，瀑布像一幅纱巾罩在我脸上，

在门前的台阶上，在门外硬木制的踏脚台上，

在赛马场上，或者享用野餐，或跳快步舞，或者痛快地玩着棒球，

在单身汉的狂欢会上，有下流的笑谑，放肆的嘲弄，狂舞，豪饮，大笑，

在苹果酒厂品尝褐色的麦芽汁，用麦秆吮吸着糖水，

在削苹果时，我因找到多少鲜红的果子便要求吻多少次，

在集会中，在海滨聚会时，在联谊会上，在剥玉蜀黍和盖房子的时候，

那里模仿鸟在发出动听的咯咯声，有时高叫，有时低低地呜咽，

那里干草堆耸立在禾场上，那里麦秆散得满地，那里为生育而

养的母牛在牛棚里等着，

那里公牛走来履行它的雄性职责，那里种马在走近母马，那里公鸡在踩着母鸡，

那里小母牛在吃草，那里鹅群在用扁嘴撮食东西，

那里日落时的阴影在无边和寂寞的草原上延长，

那里水牛群远远近近地散开在平原上蹒跚而行，

那里蜂鸟在闪烁微光，那里长寿天鹅的颈项在弯曲着转动，

那里笑鸥在岸边疾飞，它笑着近似人类的笑声，

那里蜂房排列在花园里被深草半掩着的灰色木架上，

那里脖子上戴着花环的鹧鸪围成一圈栖息在地上，只露出它们的头，

那里载柩的马车在进入墓园的拱门口，

那里冬天的狼群在遍地白雪和树林冰冻的荒野中嗥叫，

那里戴着黄色羽冠的苍鹭夜里来到沼泽边啄食小蟹，

那里游泳者和潜水者溅起的水花使炎热的中午为之风凉，

那里纺织娘在井边胡桃树上把她那半音阶的芦笛吹响，

走过那种植着带有银色网络叶子的西瓜和胡瓜的小片土地，

走过盐渍的或橙黄色的空地，或锥形的枞树下，

走过健身房，走过挂着帘子的酒吧间，走过办公室或大会堂；

喜爱本地的和喜爱外地的，喜爱新的和旧的，

喜爱漂亮的也喜爱面貌平常的女人，

喜爱那正在摘下软帽和婉转地说话的教友派女教徒，

喜爱那粉刷得雪白的教堂里的唱诗班的曲调，

喜爱那流着汗的卫理公会牧师的恳切言辞，对露天布道会有着深刻的印象；

整个上午观看着百老汇商店的橱窗，将我的鼻子紧压在厚厚的

玻璃窗上，

同一天下午仰面望着天空漫游，或者顺着小巷或海边走着，

我的右臂和左臂搂着两个朋友的腰身，我走在当中；

跟那个沉默的黑脸颊的乡下娃娃一起回家，（天黑时他在我后面骑着马，）

在远离居民点的地方研究动物的足迹或鹿皮鞋留下的脚印，

在医院里的病床边把柠檬水递给一个发烧的病人，

当一切都寂静时走近棺材里的尸体，端着蜡烛仔细地瞧着；

乘船到每个港口去做买卖，去冒险，

与现代人一起奔忙，那么热情而不稳定，

对一个我所恨的人发火，疯狂地准备好用刀子捅他，

半夜里孤孤单单在我的后院里，好长一会我完全走了神，

与美丽文雅的上帝并肩步行在朱迪亚[①]古老的丘陵地带，

飞快地穿过空间，迅速地穿过天空和星群，

飞快地在七个卫星和直径八万英里的大圆环[②]中行进，

飞快地跟带着尾巴的、与其他同伙一样抛着火球的流星同行，

携带着将它自己的丰满的母亲抱在怀里的幼小的新月，

震荡着，欣赏着，计划着，热爱着，慎重着，

退后又赶上，出现又消隐，

我整天整夜走着这样的途程。

我访问各个天体上的果园，观看那里的产品，

看到它们成百亿地成熟，看见有千百亿个还是青的。

---

① 巴勒斯坦南部古地名，耶稣曾在那里活动。

② 指土星光环。

我像一个流动的吞没一切的灵魂那样飞翔，
我的道路的取向在探测深度的铅锤下方。

我随意取用物质的和非物质的东西，
没有哪个看守能挡住我，没有什么法律能叫我退避。

我只需把我的船停泊片刻，
我派出的使者便不断巡游，或把他们的回报带给我。

我去猎取北极熊的皮毛和海豹，撑着尖头长杆越过峡谷，攀附着容易脆裂的蓝色冰柱。

我登上前桅楼，
我深夜在桅楼守望处守望，
我们在北冰洋航行，那里有充足的亮光，
透过澄明的空气，我饱览周围奇妙的美景，
巨大的冰块从我身边经过，我也从它们旁边经过，四面八方的景色都通明透亮，
远处可见满头雪白的群山，我让我的幻想向它们飞去，
我们在接近那个我们即将投入战斗的辽阔的战场，
我们经过营地的庞大前哨，放轻脚步，小心前往，
或者我们在经过郊区进入一座已沦为废墟的大城市，
它有着那么多砖石和倒塌的建筑，世界上任何现存的城市都比不上。

我是一个自由的伴侣，我在进犯者的营火旁露宿，

我将新郎从床上赶走，自己和新娘住在一起，
我整夜抱着她，让她紧贴着我的大腿和嘴。

我的声音是妻子的声音，是楼梯栏杆边的尖叫，
他们把我男人的已经淹死的水淋淋的身子抬上来了。

我了解英雄们的宽阔胸怀，
现时代和一切时代的英勇气概，
那船长怎样看着那只拥挤的失去了舵的遇难轮船，当死神在暴风雨中上下追逐着它，
他怎样紧紧把持着，一寸也不后退，白天黑夜都一样忠诚，
并用粉笔以大字母在木板上写道：“请满怀信心，我们绝不会抛弃你们！”
他怎样跟着他们，同他们一起抢风行驶，接连三天毫不动摇，
他怎样终于救出这漂流中的一群，
那些瘦长的、衣服宽松的妇女们在她们坐着小船离开那本已准备好的坟墓时是哪样的表情，
那些沉默的、面目苍老的婴儿，那些被扶起的病人，那些尖嘴的没有刮脸的男人，又是什么样子；
所有这一切我全都吞下，它味道很美，我很喜欢，它成为我的东西，
我是那个男人，我蒙受了苦难，我当时就在那里。

烈士们的蔑视和镇静，
古时候一位母亲，她被判为女巫用干柴烧死，她的儿女在一旁观看，
被追赶的奴隶跑不动了，倚靠在篱笆边，喘着气，浑身是汗，

足以致命的大小子弹，他腿上和脖子上像针刺般的疼痛，
对所有这些我都感觉到，或者我就是那些人。
我是那个被追捕的奴隶，猛犬咬我时我也畏缩，
地狱与绝望降临到我头上，射击手咔嗒咔嗒射击着，
我抓住篱笆上的横木，我的血一滴滴淌着，但被我皮肤上渗出的汗水稀释了，
我跌倒在野草和石子堆上，
骑马者驱策着不愿前进的马，一步步逼近我走来，
然后在我迷糊的耳边辱骂，用鞭杆猛击着我的脑袋。

剧痛对于我像换一次衣服那样普通，
我不问受伤者有什么感觉，我自己就成了受伤的人，
当我倚在拐杖上细看时，我的身上的痛处早已发青。

我是那个被碾压的救火夫，胸骨已经碎了，
坍倒的墙壁把我埋在它们的瓦砾中，
我吸进热浪和烟尘，我听见我的同伴们在大声喊叫，
我听见远处他们的铁镐和铁铲的咔嚓声，
他们把横梁挪开，他们轻轻地把我抬出来。

我穿着红衬衣躺在夜雾中，为了照顾我，眼前是一片寂静，
我终于没有了痛苦，虚弱地躺着，但不是不觉得孤独，
周围是一些白净美丽的脸孔，头上的救火帽已经摘掉，
那些跪着的群众在火把的亮光下却看不清了。
遥远的和死去的又活过来了，
他们显得像表盘或者像我的两手一样运动着，我自己就是钟表。

我是一个老炮手，我讲述我在要塞上的事，
我又回到了那里。

又是鼓手们的隆隆不绝的击鼓声，
又是进攻的大炮，臼炮，
又是大炮声在我倾听着的耳朵中的反应。

我参加，我看见和听见全部情景，
叫喊，诅咒，咆哮，给打得准的炮击的喝彩，
缓缓经过和一路留下血迹的救护车，
调查破坏和进行必要的修补的工人，
穿进裂开了的屋顶的手榴弹，扇形的爆炸，
肢体、头颅、石块、木头、铁片在空中飞过时的嗖嗖声。
又是我那垂死的将军嘴里发出的咯咯声，他狂怒地挥动着手，
他透过血块喘息着说，别关心我——要关心——战壕。

34

现在我讲讲我少年时代在得克萨斯听说的事情，
（我不讲阿拉莫[①]的陷落，
没有谁逃了出来讲阿拉莫陷落的情形，
那一百五十个人还默默地埋在阿拉莫，）
那是一个有四百一十二位青年惨遭屠杀的场景。

---

① 1836年3月6日，墨西哥军队攻入得克萨斯州圣安东尼奥的阿拉莫，消灭了美国驻军。

他们撤退时摆了个方阵，用他们的辎重当胸墙，

他们从九倍于他们的围攻的敌人中已经取得九百条生命的报偿，

他们的上校受伤了，弹药打尽了，

他们交涉一次体面的投降，收到了签字文书，放下了武器，作为战俘往后撤。

他们是巡逻骑兵这个兵种的光荣，

在骑马、射击、唱歌、宴饮、求爱各方面都无与伦比，

魁伟，好动，慷慨，俊秀，骄傲而多情，

长着胡子，晒得黝黑，穿着猎人的轻装，

没有一个超过了三十的年龄。

在第二个星期日早晨，他们被带出去分批处死了，那是美丽的初夏季节，

屠杀从大约五点开始，到八点完毕。

没有哪一个是听命下跪的，

有的进行了疯狂而无助的冲击，有的站得笔直，

少数几个立即倒下了，子弹打中了太阳穴或心脏，活的死的躺在一起，

那些被残害的、缺臂断腿的在尘土里挣扎，新来者看见他们在那里，

有些半死的企图爬走，

他们被刺刀解决了，或遭到枪托的连连猛击，

一个不到十七岁的小伙子揪住了刽子手，直到另外两个人来把他解脱，

那三个人都被撕伤，浑身沾着小伙子的血迹。

十一点开始焚烧尸体，
这就是四百一十二个青年人惨遭屠杀的故事。

35

你想听听古时海战的故事吗？
你想知道谁凭月亮和星星的光辉打了胜仗？
就听这个故事吧，像我外祖母的父亲那水手讲给我听的一样。

我们的敌人可不是在自己的船舱里躲躲闪闪的人，我告诉你，
（他说，）
他有的是真正英国人的胆量，没有谁比他更顽强更过硬的，过去没有今后也不会有；
在看看天黑了的时候他来猛袭我们了。

我们跟他肉搏，帆桅和帆桅扭在一起，炮口挨着炮口，
我的船长亲自动手把它们紧紧地捆着。

我们受到了大约十八磅炮弹的水下射击，
刚一交火，我们的下层炮舱便有两发巨大的炮弹爆炸，杀死了周围的士兵，真是血肉横飞。

战斗到日落，战斗到黑夜，
到晚上十点，圆月正高高升起，船的裂缝越来越大，据报进水已经五英尺深了，

纠察长把关在后舱的俘虏放了出来，给他们一个逃生的机会。

进出弹药库的通道现在被守卫把住了，
他们看到那么多陌生的面孔，他们不知道该信任谁。

我们的舰只着火了，
对方问我们是不是要求投降，
是否要降下旗帜结束战斗。

现在我满意地笑笑，因为我听到了我们的小个子舰长的声音，
我们没有下旗嘛，他镇静地叫道，我们这边的战斗刚开始进行。

只有三尊炮可用了，
一尊由舰长亲自指挥，对准敌人的主桅，
两尊有效地发射葡萄弹和霰弹，压住了敌人的步枪并肃清了他的甲板。

只有桅楼上在协助这个小炮台开火，尤其是主桅的桅楼，
他们在整个战斗中英勇地坚持着。

一分钟也不停歇，
船的裂缝迅速扩大，抽水机赶不上了，火苗也在向火药库延伸。

有个抽水机给炮弹打掉了，大家都认为我们正在下沉。
小舰长镇静地站着，
他不慌不忙，他的声音不高也不低，

他的眼睛放射着比我们的军用提灯更强的光辉。

将近十二点时，在月光照耀下他们向我们投降了。

36

午夜舒展着身子静静地躺着，

两只巨大的船壳伏在黑夜的胸脯上一动不动，

我们那只满身窟窿的船在缓缓下沉，大家准备过渡到那只我们攻克了的船上去，

舰长站在后甲板上，脸色像一张白纸，冷峻地发着命令，

近旁是那个在舱里值勤的孩子的尸体，

一个老水手的长长白发和认真卷好了胡须的僵尸的脸，

那竭尽全力也没能扑灭的正在上下狂舔的火焰，

那两三个还能执行任务的军官的沙哑的声音，

胡乱堆着的和单独躺着的尸体，桅杆和帆桁上的血肉模糊的碎片，

砍断的船缆，晃荡着的绳索，平稳海面的微微震动，

黝黑而冷漠的大炮，散乱的火药包，刺鼻的气味，

在上空默默哀悼地闪耀着的几颗巨大的星星，

海风轻轻的呼吸，岸边田野和芦草的香气，委托幸存者送出的死亡信息，

外科大夫手术刀的微响，他那锯子的嗞嗞声，

喘息声，咯咯声，鲜血泼洒声，短促的尖叫声，悠长、暗淡和渐渐低微的呻吟声，

这一切就是如此，这一切都是无法挽回的事情。

37

你们这些站岗的懒虫！当心你们手中的武器呀！
他们从被攻下的大门口挤进来了，我被弄昏了头脑！
作为一切亡命者和受苦者的化身，
看见我自己在狱中装扮得像另一个人，
并且感受着沉闷的持续不断的苦痛。

那监视犯人的看守扛着卡宾枪守望着我，
我早晨被放出来，晚上又被关着。

没有哪个戴着手铐走向监狱的叛变者不是由我戴着手铐做伴走在他身旁，
（我不是那里那个快活的人，而像那个沉默的，他的汗水流到了嘴上。）

没有哪个青年因盗窃被捕时不是连我也带走，并且同样受审和判刑的。

没有哪个霍乱病患者奄奄一息地躺着时不是在我也奄奄一息地躺着的时候，
我面如死灰，青筋突露，人们丢下我走了。

求乞者将他们自己附在我身上，我附着于他们的身体，
我伸出手拿着帽子，满面羞惭地坐着行乞。

38

够了！够了！够了！

我有点发蒙了。靠后面站吧！

让我有点时间醒醒我那挨了打的头，从昏沉、睡梦和呆滞中休息过来吧，

我发现自己到了犯通常错误的边沿啦。

我居然会忘记那些嘲笑者和侮慢！

我居然会忘记那簌簌落下的眼泪和木棒与铁锤的打击！

我居然会以旁观的目光来看待我自己被钉上十字架并戴上血污的王冠！

现在我想起来了，

我重温那搁置得太久的部分，

石墓使藏在它以及别的坟墓里面的东西大大增加了，

尸体站起来，伤口愈合，锁链从我身上掉落。

我又充满了无比的力量前进，成为一个平常而又无尽的行列中的一员，

我们去到内地和海边，越过所有的疆界，

我们的飞速的法则正在向全世界扩展，

我们帽子上簪着的花朵成长了好几千年。

小鬼们啊，站出来吧！我向你们致敬！

继续你们的评注工作，继续提出你们的疑问！

39

那个友好而洒脱的野蛮人，他是谁呀？
他在等待文明吗？还是他已超过并且掌握了它？

他是在户外长大的某种来自西南部的人？他是加拿大人吗？
他是从密西西比流域来的？从艾奥瓦、俄勒冈、加利福尼亚来的？
是山地人？是草原、丛林里的居住者？或者从海上来的水手？

无论他走到哪里，男男女女的人都接受他，
他们巴望着他喜欢他们，跟他们接触，跟他们同住，跟他们说话。

行动如雪花一样放荡，言语像青草般朴素，头发从不梳理，笑声不绝而又天真，
稳重的步履，平凡的相貌、平凡的举止和表情，
这些以一种新的形式从他的指尖降落，
与他的身体或呼吸的气味一同飘出，从他的眼神里飞腾。

40

自鸣得意的阳光啊，我不需要你的曝晒，到那边躺着去吧！
你只是照亮表面，我却从表面深入到底层。

大地呀，你好像在我手中寻找什么东西，

说吧，你这戴顶髻的人[①]，你要什么呢？

男人或女人啊，我本可说明我多么喜欢你，但是我不能，
也可以说明我身上和你身上所有的东西，但是我不能，
还可以说出我心中的渴望和我这血脉的日日夜夜的跳动。

看哪，我并不讲演，或给人以小小的慈悲，
我要给，就拿出我自己。
你在那里软弱无力地两膝哆嗦，
张开你那张裹着的嘴，让我给你吹进点勇气，
摊开你的手掌，揭开你的口袋盖儿，
我是不让人推辞的，我强迫人家接受，我有大量的积蓄可给，
我要奉赠我所有的一切。

我不问你是谁，那对我并不重要，
除了我加于你身上的以外，你什么也不是，什么也干不了。

我俯身凑近棉田里的苦力或打扫厕所的工人，
我在他的右颊上给他以家人般的亲吻，
并且在灵魂深处起誓我将对他永不失信。

在适宜于怀孕的女人身上，我留下更硕大更灵巧的婴儿种子，
（今天我射出的是傲慢得多的共和国的素质。）

---

① 指戴头饰的印第安人。

对任何一个垂死的人，我都飞奔前去，拧开他的门把手，
将被子掀翻到床脚下，
让医生和牧师各自回家。

我抓住那个快咽气的人，以不可抗拒的意志把他举起，
啊，绝望者，这里是我的颈项，
天哪，决不能让你下沉！快把你的全部重量压在我身上。

我使劲用呼吸吹胀了你，使你浮起来，
我给屋子的每个房间里都驻满士兵，
那便是爱我的人们和战胜坟墓的人们。
睡吧——我和他们整夜看守着，
没有疑惧、没有死亡胆敢来侵袭你，
我已经把你拥抱着，使你今后归我所有，
等到你早晨起床时你会看出我说的一点不错。

41

我就是给那些躺着喘息的病人带来帮助的人，
对于那些强壮和能够行动的男女，我带来更多必要的帮助。

我听到了关于宇宙的种种说法，
听到了，而且听了有好几千年，
一般说来还算可以——但这样就完了吗？

我来扩大它，应用它，
一开始就比那些精明的老贩子出了更高的价格，

我亲自量出耶和华的准确的尺码，

印刷了克罗诺斯、他的儿子宙斯和孙子赫拉克勒斯，

买下了奥西里斯、伊希斯、珀琉斯、婆罗贺摩和释迦牟尼的手稿，

在我的文件袋里散放着玛尼多，印成单页的安拉，刻成图版的十字架，

连同奥丁和面目狰狞的麦西特里[①]，以及各个偶像和肖像，

完全按照他们的价值作价，一分钱也不多花，

承认他们曾经存在并在他们的时代起过作用，

（他们以前好像给羽毛未丰的雏鸟送过小虫子，而如今这些鸟应该自己起来飞翔和歌唱了，）

接受了那些粗糙的神的速写来更好地充实我自己，又大方地赠送给我所看见的每个男人和女人，

我发现在一个建造房屋的建筑工身上有着同样或更多的神性，

当他卷起袖筒、挥动钳子和凿刀时他能要求更高的尊重，

我并不反对接受特殊的启示，认为一缕烟或我手背上的一根汗毛也与任何启示一样地奇异；

对我来说那些驾着救火车和攀缘绳梯的小伙子并不亚于古代战争中的诸神，

当我注意到他们那滚过毁灭性倒塌中的声音，

他们那健壮的肢体在烧焦的木板上安全走过，他们那雪白的前额完整无恙地从火焰中露出；

那个怀抱着婴儿喂奶的机械匠妻子就是在为每个出生者提出生

① 克罗诺斯，古希腊神话中大神宙斯之父，宙斯则为诸神之父。赫拉克勒斯，古希腊神话中的英雄。奥西里斯，古埃及神话中的冥界之神，为生育之神伊希斯之夫。珀琉斯，古代巴比伦人之大神。婆罗贺摩，印度教中的宇宙的灵魂。玛尼多，美国印第安人崇拜之神。安拉，伊斯兰教徒对神的称呼，即真主。奥丁，北欧神话中的战争之神。麦西特里，墨西哥印第安人的战争之神。

之权利的申请，

三位健壮的、裙子在腰上鼓胀着的天使并排地挥舞着三把镰刀在嚓嚓地收割，

那牙齿不全的红头发马夫为了补救他过去和未来的罪恶，

在卖掉他所有的财产，为他的兄弟步行去雇律师，并在他因伪造文书而受审时坐在他旁边陪着；

那些散布得最广的东西也只散布在我周围一个平方杆之内，而且还没有把这个平方杆铺满，

公牛和小虫从来没有受到足够的颂赞，

粪便和泥土有梦想不到的可敬之处，

神异的东西算不了什么，我自己正等待着有一天也成为神圣之物，

那一天快要来了，那时候我将做出像最优者那么多的好事，并显得同样惊人，

我指着生命的块根[①]起誓！我已经成为一个造物者，

此时此地我就将我自己放进暗影潜伏的子宫。

42

人丛中的一声叫喊，

我自己的声音，清亮圆满，横扫一切而很有决断。

来吧，我的孩子们，

来吧，我的男孩和女孩们，我的女人、家属和亲人们，

现在演奏家已经来劲，他已经用内心的笙管把序曲完成。

---

① 暗指睾丸。

容易地写成和信手演奏的和声啊——我感觉到了你弹拨的高潮和尾声。

我的头在我的脖子上转动，
音乐悠扬婉转，但并非来自风琴，
人们围绕着我，但他们并不是我的家人。

永远是坚硬平坦的大地，
永远是些吃着喝着的人，永远是朝升夕落的太阳，永远是空气和不停的潮汐，
永远是我自己和我的邻居，爽朗的，恶毒的，诚实的，
永远是古老的不能解释的疑问，永远是那个刺伤的拇指，永远是那种发痒和渴望的呼吸，
永远是使人恼怒的咻咻声，直到我们发现了那个狡诈者躲藏的地方并把他揪了出来，
永远是爱，永远是生命抽泣的泪水，
永远是颌下的绷带，永远是死人的床位。

这里那里眼睛给蒙上了小银币的人在奔走，
为了塞满无餍的肚皮，脑子在放肆地大搞诡计，
买呀，卖呀，捞取票子呀，却一次也不去参加节期，
许多人流汗，耕田，收割，却只得到秕糠当报酬，
几个懒虫却强占一切，他们不断地把麦子据为己有。

这是那座城市，我是其中的一个公民，
凡是与别人有关系的我也同它有关，如政治，战争，市场，报

纸，学校，

市长和议会，银行，税率，轮船，工厂，货仓，店铺，不动产与动产。

那些渺小而众多的侏儒穿戴着硬领和燕尾服在到处蹦跳，

我知道他们是谁，（他们肯定不是蛆虫或跳蚤，）

我承认这些我自己的复本，其中最软弱最浅薄的也与我一样长生不老，

我所有的行动和言论对他们都同样适合，

我心中翻搅着的每个思想都同样在他们心中翻搅。

我十分明白我自己的自我中心主义，

我明白我的兼收并蓄的诗行，并且决不能少写，

并且无论你是谁也要拿你来充实我自己。

我的这首歌不是一些惯常的词句，

而是直率的质问，跳出很远但收得更近；

这是一本印刷和装订好的书——但是那印刷者和印刷厂的孩子呢？

这是些拍得很好的照片——但是那紧靠在你怀中的你的实实在在的妻子和朋友呢？

这艘装配着铁甲的黑色的船，它那巨大的枪炮安装在炮塔里——但是船长和工程师们的胆量呢？

屋子里有碗碟、食品和家具——但是主人和主妇以及他们眼中的表情呢？

天在高处——但是在这里或隔壁，或者在对过呢？

历史上有的是圣人和贤人——但是你自己呢？

讲道，信条，神学——但是那深不可测的人类脑子又怎样？什么是理性？什么是爱？什么是生命呢？

43

我并不轻视你们这些牧师，无论何时何地，

我的信仰是最伟大的，也是最渺小的信仰，

包括古代和现代的崇拜以及古代和现代之间的一切崇拜，

相信五千年以后我将再来到世上，

等候着神的启示的回答，尊奉诸神，礼赞太阳，

以最早的岩石或木桩作为崇拜的偶像，在巫咒的圈子里执杖作法，

帮助喇嘛或婆罗门修剪神像的佛灯，

在膜拜男性生殖器的游行队伍中沿街跳舞，在树林中当一名狂热而严肃的苦行僧，

从头骨酒杯中啜饮蜜酒，崇敬《沙斯塔》和《吠陀经》①，信奉《古兰经》，

在阿兹特克的神庙②走动，那里有从石头或刀子上流下的血痕，

接受福音，接受那个被钉在十字架上的人，确信他神圣，

做弥撒时下跪，或者在清教徒祈祷时起立，或者耐心地坐在教堂的座位上，

在神志昏迷的紧要关头我胡言乱语，口吐白沫，或者如死人般

等着直到苏醒，

注视着马路和地面，或马路和地面两旁的地方，

---

①《沙斯塔》和《吠陀经》都是印度教的圣典。

② 墨西哥印第安部族的神庙。

从属于那些绕着圈中之圈的人。

作为那个内向和外向的人群中的一员，我转过身来，像一个即将出门的人在交代事务似的说着。

垂头丧气的怀疑者，沉闷而孤单，
漂浮，阴沉，忧郁，愤怒，矫饰，失意，没有信仰，
我认识你们中的每一个人，我认识痛苦、怀疑、绝望和无信仰汇成的海洋。

鲸鱼的尾鳍掀起多大的浪花呀！
它们那样像闪电般迅疾地扭动，一阵阵痉挛着喷出鲜血！

平静下来吧，怀疑者和郁郁不乐者的带血的尾鳍，
我在你们中间就像在任何人中间那样就位，
过去对你、对我和对大家都一样是一种推动，
那些还未经历过的以后会为你、为我、为大家所同样经历。

我不知道那些还未经历过的和以后的一切是什么，
但是我知道到时候它会证实是足够的，决不会错。

每一个过路的人都被考虑过了，每个停留的也受到了考虑，一个也不会遗漏。

不会遗漏那个死了和被埋葬了的青年，
也不会遗漏那个死了和葬在他旁边的，

或者遗漏那个在门口偷看然后被抓回来并从此失踪的小孩，

或者那个曾经无目的地生活并尝过比苦胆更甚的痛苦的老人，

或者那个在贫民院中因饮酒无度和生活不规则而患了结核病的人，

或者那无数被残杀被毁灭的人，或者那些被称为人类秽物的粗野的科布人，

或者那些只是漂来浮去、张口等着灌进食物的珊瑚虫，

或者大地内部或大地上最古老的坟墓深处的任何东西，

或者无数天体上的任何东西，或者居住在这些天体上的无穷无尽之物，

或者现今，或者已知的最微小的东西。

44

现在是说明我自己的时候了——我们站起来吧。

凡是已知的，我都抛开，

我带着所有的男人和女人同我一起进入未知的世界。

时钟指出一个瞬息——但永恒指出什么呢？

我们至今已历尽亿万兆个冬天和夏天，

前面还有亿万兆个，还有亿万兆个在它们的前面。

出生给我们带来了丰富的多样，

更多的出生还将给我们带来丰富的多样。

我不把某一个称为较大的而把另一个称为较小的，

那个将其时间和空间占领了的事物与任何其他事物完全相等。

人类想谋杀或妒忌你吗，我的兄弟，我的姐妹？
我为你难过，他们并不想谋杀或妒忌我，
人人都对我温和，我不同忧伤打交道，
（我和忧伤有什么相干呢？）

我是已完成的事物的顶点，而且我包含着未来的事物。

我的脚踏在梯子的最高层，
每个梯级是一大段年代，梯级之间是更长的一段年代，
下面的一切都按时经过了，而我仍然在攀登攀登。

上升再上升，让幽灵们在我后面躬身俯首，
我远远往下看见那巨大的第一个乌有，我知道我甚至曾在那里，
我总是在暗中等候，在冷漠的迷雾中昏沉地睡着，
不慌不忙，恶臭的碳质也不曾伤害我。

我被长久地紧紧抱住——很久很久。

为我而做的准备是很宏伟的，
忠实而友好的臂膀扶助了我。

无数个世纪引渡着我的摇篮，像快乐的船夫摇呀摇着，
星星为了给我让出地方而远远地绕着它们的圈子，

它们施加影响来照看我将要出现的场合。

在我从母亲肚子里出生之前，多少个世纪引导了我，
我的胚胎从不麻痹，什么也不能使它窒息。

为了它，星云凝结成一个地球，
地层漫长而缓慢地堆积，让它在上面栖留，
大量的植物给它以营养，
巨大的蜥蜴把它含在口里运送并小心地将它伺候。

为了完成我并使我快乐，一切力量都积极地调动了，
如今在这个地点，我才与我健壮的灵魂一起站着。

45

啊，青年时代！伸张不尽的弹力！
啊，成年时代，匀称，红润而又丰满。
我的情人们使我窒息，
挤压着我的嘴唇，堵塞着我皮肤的毛孔，
拥着我走过大街和公共大厅，晚上光着身子来到我这里，
白天从河岸的岩石上叫喊“啊嗬”！在我头顶上晃着，嘁嘁喳喳地嚷着，
从花坛、葡萄藤和交缠的树丛中喊我的名字，
栖落在我生命的每一个瞬间，
以温馨甜蜜的吻亲遍我的身体，
又悄悄地从她们心窝里掏出来并送给我一把把的东西。
老年尊荣地升腾！欢迎啊！临终日子的难以名状的佳境！

每个情景不只宣告自己的存在，它还宣告它以后和要从它自己产生的情景，

而且黑暗的寂静也具有同样的作用。

晚上我打开天窗，看见那远远散布的星网，

而我所看见的一切再乘以我所能想象出的最高数字，也只能碰到那更远的星系的边上。

它们愈来愈广地散布，铺展，永远地铺展，

向外面，向外面，永远向外面。

我的太阳也有它自己的太阳，并环绕它顺从地旋转，

它联合它的同伙，那更高地环行的一群，

而后面有更大的一群跟着，使它们中那些最大的也成了小点。

没有停止，也永远不会有停止，

如果我，你，大千世界，以及它们底下或上面的一切，

此刻都还原到一种苍白的浮游物，那也会终归徒然，

我们一定会重新回到我们现在站立的地点，

一定会走得同样远，然后更远更远。

几个亿万年代，几个亿万立方英里，并不会危害这段距离或使它性急，

它们只不过是局部，任何事物都只是局部而已。

无论你望得多远，还有无限的空间在眼界之外，

无论你怎样计算，还有无限的时间在周围等待。

我的约会地已经指定，那是确实的，
上帝会在那里等候，直到我顺利地到了，
那位最伟大的伙伴，我所渴想的情人将在那里等着。

46

我知道我享有最优越的时间和空间，而且从来没有被度量过，也永远不会被度量。

我走着一个永恒的旅程，（都来听听吧！）
我的标志是一件雨衣，一双好鞋，和从树林中砍来的一根手杖，
我的朋友谁也不在我的椅子上休息，
我没有椅子，没有教堂，没有哲学，
我不把任何人领到图书馆、交易所或餐桌旁，
但是我把你们中每个男人和每个女人领到一个小山丘上，
我的左手搂着你的腰部，
我的右手指着各个大陆的风景和那条大路。

我不能、别的任何人也不能替你在那条大路上旅行，
你必须自己走去。

它并不远，它可以达到，
也许你自从出生以来一直在走，但并不知道，
也许它在水上和陆上各处。

背上你的行李吧，亲爱的儿子，我也要背上我的，让我们赶快前行，

我们一路上将观赏美妙的城市和自由的国土。

如果你累了，就把两个包袱都给我，并将你的手掌放在我的臀部，

到适当时候你会以同样的方式回报我，

因为我们一出发就再也不会躺下休息了。

今天天亮前我登上一座小山，望着拥挤的天空，

我对我的精神说，当我们拥有这些星球以及它们身上一切事物的欢乐和知识时，我们就充实和满足了吗？

我的精神说不，我们仅仅达到了那个高度，还要越过它继续攀登。

你也在向我提出问题，我听见了，

我回答说我不能答复，你必须自己去寻找。

坐一会儿吧，亲爱的儿子，

这里有饼干可吃，这里有牛奶好喝，

但是只要你睡一觉，换上舒适的衣裳，精神恢复了，我便给你一个告别的吻，并打开大门让你从这里出走。

你耽于可鄙的梦想已够久的了，

现在我要洗掉你的眼污，

你必须让自己习惯于刺目的阳光和你生活中某个耀眼的片刻。

你胆小地抱着木板在岸边涉水已经很久了，

如今我要你做一个勇敢的游泳者，

要你跳进海里，又浮上来，向我点头，大喊，并笑着把头发甩往脑后。

47

我是运动员的教师，

那个在我身旁挺着比我更宽阔的胸膛的人证实了我自己的宽阔，

谁在我的教导下学会了推翻他的教师，谁就最尊崇我的教导。

我爱的那个孩子，他长大成人不是靠外来的力量，而是凭自己的能力，

他宁愿桀骜不驯也不要像恭顺和畏惧那样的美德，

他热爱他的女友，津津有味地吃他的牛排，

他觉得患单相思或被人轻蔑比锐利的刀子还难以忍受，

他在骑马、决斗、射击、驾船、唱歌或弹琴方面都是第一流的好手，

他喜欢伤疤和胡子以及有麻子的脸孔，而不爱那些满面皂沫的男人，

喜欢皮肤晒得黑黑的人，而不爱成天不见太阳的家伙。

我教导人们离我而去，可是谁能离我而去呢?

无论你是谁，我跟着你，从此时开始，

我的话使你的耳朵发痒，直到你理解为止。

我说这些事并不是为了赚一个美元，或者在等船时消磨时间，

（其实你也说得和我一样多，我只是充当你的舌头，
它给拴在你嘴里，而在我嘴里却开始解脱了。）

我发誓我永远不再在屋子里说起爱情或死亡，
我还发誓我永远不解释我自己，只有同他或她单独躲在户外时才能破例。

如果你想了解我，就到山上或水边去吧，
近在身旁的小昆虫便是一种解说，一滴水或一个微波便是一把钥匙，
那木槌，那桨，那锯子，都证实我的言辞。

没有哪间紧闭的房子或学校能与我交流，
但是莽汉和小孩要比它们好得多。

年轻的机械匠跟我最亲密，他熟悉我，
身上背着斧头和水罐的伐木工人会带着我整天在一起，
在田里耕种的农家小伙听见我的声音时会感到快乐，
在航行的船上我的言语也在航行，我跟渔夫和水手交往，我爱他们。

那个在宿营或行进中的士兵是属于我的，
在战斗打响的前天晚上，许多人来找我，我没有让他们失望，
在那个庄严的夜晚（那可能是他们的最后一晚），那些认识我的人都来找我谈谈。

我的脸去摩擦猎人的脸，当他在毯子里孤独地躺下的时候，

赶车的人想着我，不顾他车子的颠簸，

年轻的母亲和年老的母亲都理解我，

女孩和妻子也停针片刻，忘记了她们在哪里，

他们所有的人都在重温我告诉他们的东西。

48

我说过灵魂并不优于肉体，

我也说过肉体并不优于灵魂，

对于一个人来说，没有什么，包括上帝，是比他自己更加伟大的，

谁要是走了一小段路程还没有给别人以同情，他便是穿着尸衣走向自己坟墓的人，

而我或你身无分文，却可以购买世界上最高档的商品，

只要眼睛一瞥或指出豆荚中的一颗豆子，就能使古往今来的学问无地自容，

任何行业和职务，只有干着它的青年人能够成为英雄，

任何柔弱的物体都能作为旋转着的宇宙的中心，

我对任何的男人和女人说，让你的灵魂在百万个宇宙面前保持冷静和镇定。

于是我对人类说，不要对上帝怀有好奇心，

因为对每样东西都好奇的我却不那样看待上帝，

（无论用多少言辞也不能说明我对上帝和死亡都看得多么平易。）

我在每件事物中都听到和看见上帝，可是对上帝却一点也不理解，

我也不理解世上还有什么人比我自己更奇妙一些。

我为什么还要希望比今天更好地看见上帝呢？
每天二十四小时中每个小时乃至每一瞬间我都看到上帝的一些什么，
在男人和女人的脸上以及在镜子中我的脸上，我看见上帝，
在大街上我发现上帝丢下的书信，每封信上都签着上帝的名字，
我把它们留在原来的地方，因为我知道无论我到哪里去，
别的书信也会准时到来，永远如此。

49

至于你，死亡，还有你，给人以痛苦的致命的拥抱，你想恐吓我是毫无意思的。

助产士毫不畏缩地上班来了，
我看见那只老练的手在压挤，在接受，在撑持，
我倚在那精致柔韧的门槛边，
注视着出口，注意到痛苦的减轻和消失。
至于你，尸体，我想你是很好的肥料，但这并不叫我厌恶，
我闻到生长着的芳香的玫瑰，
我伸手去摸那叶子的嘴唇，我抚摩西瓜的光滑胸脯。

至于你，生命，我认为你是许多次死亡的残余，
（在这以前我自己无疑已死过一万次。）

啊，天上的星星，我听见你们在细语喁喁，
啊，恒星——啊，坟上的荒草，啊，永久的转移和推进，
如果你们什么也不说，我又能说什么呢？

关于秋天树林中的浑浊的水塘，
关于黄昏萧瑟时从悬崖上降临的月亮，
摇曳吧，白天和薄暮时的闪光——在垃圾堆里腐烂的黑茎上摇曳，
伴着枯枝的悲泣般的谵语摇晃。

我从月亮上升，我从黑夜中上升，
我发觉那惨淡的微光是正午太阳光的反照，
我从这大大小小的子孙出发向那稳定的中心前进。

50

我身上有些东西——我不知那是什么——但是我知道它在我身上有着。

被折磨得浑身流汗——然后我的身体冷静而清凉了，
我睡觉——我睡得很久。
我不认识它——它没有名字——它是个没有说出的词，
它在什么词典中、言语中和符号中都没有。

它依附着某种荡漾的东西，超过我所依附而行的地球，
对它来说，宇宙万物便是那个以拥抱摇醒我的朋友。

也许我可以说得多一点。纲领嘛！我为我的兄弟姐妹们申辩。

我的兄弟姐妹们啊！你们看见了吗？
那不是混沌或者死亡——那是形式，联合，计划——那是永恒的生命——那是幸福。

51

过去和现今凋谢了——我充实了它们，又掏空了它们，
还要去充实我那未来的第二层。

站在那边的谛听者呀！你有什么秘密要告诉我？
请细看我的脸，当我嗅出黄昏在挨近，
（老实说吧，没别人听你，我也只再逗留一分钟。）

我自相矛盾吗？
那很好，我就自相矛盾，
（我博大宽广，我包罗万象。）

我专心注意近处的人们，我坐在门槛上等着。

谁做完了他当日的工作？谁将最快吃完他的晚餐？
谁愿意同我去外面遛遛？
在我离开之前你要说话吗？难道你要等到已经太晚了的时候？

52

苍鹰在上空掠过并斥责我，它怪我饶舌和迟迟不走。

我也一点都不驯顺，我也是一个不可解说的人，
我在世界屋脊上发出我的粗野的喊叫声。

白天的最后的日影为我流连，

它把我的在其余一切后面并像任何事物那样真实的影子投掷在多影的荒原，
它劝诱我走向雾霭和昏暗。

我像空气一样走了，我向正在消逝的太阳摇晃着我的绺绺白发，
我把我的血肉抛入旋涡，像包在花边样的皱襞中漂浮。

我将我自己馈赠给秽土，让它生长在我所爱的草丛里，
如果你想再得到我，请到你的靴后跟底下去寻觅。

你很可能不会知道我是谁或我有什么意义，
但是我仍然会有益于你的健康，
并将滤净和增强你的血液。

如果你一时找不着我，请仍然保持勇气，
一处不见就到另一处去寻觅，
我总会在某个地方等着你。

亚当的子孙

我歌唱带电的肉体

1

我歌唱带电的肉体，
我所喜爱的大群的人围绕着我，我也围绕着他们，
他们不让我离开，直到我同他们一起走，答应了他们，
还要使他们免于腐朽，给他们满满地装上灵魂。

难道有人怀疑过那些败坏了自己肉体的人会隐藏他们自己？
怀疑那些玷污活人的人也与那些玷污死者的人一样差劲？
怀疑身体也像灵魂一样起着充分的作用？
而假如身体不是灵魂，那什么是灵魂呢？

2

对男人或女人的肉体的爱是难以说清楚的，肉体本身就难以说清楚，
男性的肉体是完美的，女性的也很完美。
面部的表情是难以言喻的，
但是一个长得很好的男人的表情不仅显现在脸上，
它也显现在四肢和关节上，奇怪的是在他的大腿和手腕的关节上，
是在他的步态和头颈的姿势、他的腰身和膝盖的柔韧上，衣服不能把他遮挡，
他所有的强健而美好的实质能将棉絮和毛葛戳穿，
你看他走过便能获得最佳的享受，也许要胜过诗篇，
你留恋地看他的背面，看他的头颈和肩膀的背面。

婴儿的活泼和丰满，女人的胸脯和头部，她们衣服上的皱褶，

我在街上走过时她们的风度，她们下身的轮廓，

游泳池中的裸体游泳者，当人们看见他游过透明闪映的碧波，或者仰卧在荡漾的水中静静地来回腾挪，

在划艇中前俯后仰地弯着身子的划工，坐在马鞍上的骑手，

姑娘们，母亲们，主妇们，她们都在干着各自的工作，

一群工人正午时坐在那里，面前摆着揭开的饭锅，他们的妻子在一旁侍候着，

那女性在哄着一个娃娃，农人的女儿在菜园或牛棚里，

年轻的小伙子在锄玉米，赶雪橇的人驾着他的六匹马穿过人群，

角力者在角斗，那是两个长大了的土生土长的徒工，他们强壮而和善，放工以后在日落时的空地上逞能，

外衣和帽子扔在地上，玩着爱的拥抱和抵抗，抱着上身，

时上时下地扭抱着，头发披散着遮盖了眼睛；

穿着自己制服的救火员在前进，从他们整洁的裤子和腰带中显露出威武的肌肉运动，

他们从火场缓缓归来，突然间钟声又响了，便站住，警觉地谛听，

那自然、完美而多样的姿势，那低着的头和弯曲的头颈，以及静静的思忖；

我爱这样的人——我放松自己，自由地走去，同那小孩一起在的母亲的胸口，

同那个游泳者一起游泳，与角力者角斗，在救火员行列中前进，然后站住，谛听着，思忖着。

3

我认识一个人，一个普通的农夫，一个有五个儿子的父亲，

这些儿子中也有人当了父亲，儿子的儿子又当父亲。

这个人精力旺盛，沉着，秀挺，

他的头形，他那浅黄色的、白色的头发和胡子，那双含着无限情意的黑眼睛，那种落落大方的风度，

这些我常去访问时都会看到，他为人也很聪明，

他身高六英尺，他已经八十出头，他的儿子们都高高大大，整洁，长着胡须，脸色黝黑，相貌英俊，

他们和他的女儿都很爱他，所有见过他的人都爱他，

他们不只是由于宽厚而爱他，他们爱他都出自内心，

他只喝水，他那光洁浅褐的面容中透露深红的血色，

他常常打猎捕鱼，他亲自驾船，他有一只船匠送给他的精美小艇，他还有几支猎枪，那是爱他的人们送给他的，

每当他同五个儿子和许多孙子们出外打猎或捕鱼的时候，你会看出他是那一群中最漂亮活跃的一个，

你会希望同他长久地在一起，你会希望同他并排坐在船里，好彼此接触。

4

我已经发觉同那些我喜欢的人在一起就满足了，

同别人晚上待在一起就满足了，

被那些美丽的、好奇的、生气勃勃的、欢笑着的肉体所包围就满足了，

从他们中间走过或接触任何一个，或者将我的手臂那么轻轻地抱着他或她的脖子一会儿，那会怎么样呢？

我不要求更多的欢乐，我置身于其中就像游泳在海里了。

跟男人和女人们亲密地待在一起并望着他们，同他们接触并闻

到他们的使灵魂十分欢喜的气味，那是很有意思的，
一切都能使灵魂欢喜，但这些是最使灵魂欢喜的了。

5

这是女性的形体，
它从头到脚散发神圣的光轮，
它以无法抵御的强大吸力吸引着人们，
我为它的呼吸所吸住，仿佛我只是一种无助的气体，除了它和我自己外一切都已消隐，
书本，艺术，宗教，时间，有形而坚实的大地，以及天堂里所能期待和地狱中被人恐惧的一切，都一去无踪，
狂热的纤维体，从中发出的不可控制的放射物，和那同样不可控制的反应，
头发、胸脯、臀部、大腿的弯曲，随意垂下的双手，全都松弛了，我的也同样松弛了，
落潮为涨潮所刺激，涨潮被落潮刺激，爱的肉体膨胀着，在甜蜜地疼痛，
灼热而巨大的爱的清澈液体的无限制喷射，爱的震颤的胶质，白色美妙的浆汁，
新郎在爱情之夜，坚定而温柔地一直活动到疲惫的黎明，
波澜起伏地进入乐意顺从的白昼，
沉没在依依不舍地拥抱着和香甜肉体般的良辰。

这是细胞核——后来孩子从女人生出，男人从女人生出，
这是诞生的沐浴，这是小和大的融合，又一个出口。

女人啊，不要害羞，你们的特权包含着所有其余的人，你们在放出别人，

你们是肉体的大门，你们也是灵魂的大门。

女性包含所有的品质并调节它们，
她在自己的地位上十分平衡地活动，
她是一切适当地遮掩着的东西，她被动而又主动，
她既怀儿子也要怀女儿，既怀闺女也怀男婴。

当我看见我的灵魂在大自然中反映，
当我透过浓雾看见那一个难以形容的完善、明智和美丽的人，
看见那个垂着的头和交抱在胸前的两臂时，我看见了女性。

6

男性不多不少地也是灵魂，他也占据着他的地位，
他也是一切品质，他是行动和力量，
那已知宇宙的丰盈在他的身上，
轻蔑对他是很适合的，欲望和反抗对他是很适合的，
最恣肆、最巨大的激情，最高的祝福，最大的忧伤对他也很适合，骄傲为他所有，
男人的充分发展的骄傲能使灵魂镇静，并让它得心应手，
知识适合于他，他永远喜欢它，他把一切拿来自己试验，
无论勘测怎样，无论海和航程怎样，最后他只在这里测量深浅，
（除了这里他还在什么别的地方测量呢？）

男人的肉体是圣洁的，女人的肉体也是圣洁的，

无论那是谁，它都是圣洁的——难道它是劳工队伍中最卑下的一个？

难道它是那些刚踏上码头的面容呆板的移民中的一个？
每个人都像那些富裕的人，都像你一样，属于这里或那里，
每个人在行列中都有他的或她的地位。
（一切都是一个行列，
宇宙就是一个有节奏而完美地运动的行列。）

你自己就懂得那么多，以致说那些最卑下的人无知吗？
你以为你有权看一个好的景观，而他或她就没有这种权利吗？
你觉得物质从它的分散浮游状态凝聚起来，土壤在表面，水在奔流，植物在抽芽，
这些都只是为了你，而不是为了他和她吗？

7

一个男人的肉体在拍卖，
（因为在战前我时常到奴隶市场去观看这样的买卖，）
我帮助拍卖者，那龌龊鬼对他的生意可一点也不明白。
绅士们瞧着这个奇迹，
无论出价的人出价多少，那对它总是不够的，
为了它，地球在没有动植物以前就准备了亿兆年，
为了它，那天体循环的周期的确在不停地转。

这个头颅里有能够战胜一切的脑子，
它里面和下面是英雄的本质。

检查检查这四肢五体吧，红的，黑的，或者白的，它们的肌肉和神经都十分灵巧，

它们可以裸露出来让你仔细瞧瞧。

敏锐的感觉，生机焕发的眼睛，勇气，意志，

厚实的胸肌，柔韧的脊椎和头颈，毫不松弛的肌肉，匀称好看的胳臂和腿子，

里面还有不少的奇迹呢。

那里面奔流着的血液，

同样古老的血液呀！同样鲜红的奔流着的血液呀，

那里有颗心脏在膨胀，喷射，那里还有全部的激情，欲望，希求，抱负，

（难道因为它们不表现在客厅和讲堂上，你就认为它们并不存在吗？）

这不仅仅是一个男人，这是那些到时候也要成为父亲的人的父亲，

人口众多的各个州和富裕的共和国都从他身上开始，

属于他的有数不清的不朽的生命，连同他们的数不清的体现和欢欣。

你怎么知道今后若干个世纪中他的后代的后代里将出现什么样的人物呢？

（假如你能追溯到若干世纪以前，你会发现你自己是由谁繁衍而来的吗？）

8

一个女人的肉体在拍卖，

她也不仅仅是她自己，她是母亲们的丰产的慈母，

她生育的孩子们将要长大成为母亲们的配偶。

你曾经爱过一个女人的肉体吗？

你曾经爱过一个男人的肉体吗？

难道你没有发现这些对于世界上各个时代、各个国家的所有的人都完全一样吗？

如果有什么东西是神圣的，人的肉体就是神圣的，

一个男人的光荣和甜美就是那未被玷污的男性的标志，

而在男人或女人身上，一个洁净、强壮、筋肌结实的肉体比最美的面貌还要美丽。

你见过那种败坏他自己的生机勃勃的肉体的蠢人，或者那种败坏她自己的生机勃勃的肉体的蠢人吗？

因为他们不掩藏自己，也掩藏不住自己。

9

啊！我的肉体！我不敢遗弃别的男人和女人的与你一样的肉体，或它们的与你的同样的部分，

我相信那些与你同样的肉体将与灵魂的同类（它们就是灵魂）一起坚持或凋殒，

我相信你的同类将与我的诗篇一起坚持或凋殒，而且它们就是

我的诗篇，

男人的、女人的、儿童的、青年的、妻子的、丈夫的、母亲的、父亲的、年轻男子的、年轻女人的诗篇，

脑袋、脖子、头发、耳朵、耳坠和耳鼓，

眼睛、眼眶、眼球上的虹彩、眉毛、眼皮的启合，

嘴巴、舌头、嘴唇、牙齿、上颚、牙床、咬嚼筋，

鼻子、鼻孔、鼻梁，

面颊、鬓角、前额、下巴、喉咙、后颈、颈椎，

强壮的两肩，威严的胡子，肩胛，后肩，广阔的胸部，

上臂、两腋、肘拐、下臂、臂筋、臂骨，

手腕和腕关节，手、手掌、指节、大拇指、食指、指关节、指甲，

宽阔的前胸，胸膛上的拳曲的汗毛，胸骨，腰窝，

肋骨、肚子、脊骨、脊骨的关节，

臀部、尾椎、坐骨、臀部的里外、睾丸、阴茎，

可靠地支撑着躯干的粗壮的大腿，

腿肌、膝头、膝盖骨、上腿、下腿，

脚踝、脚背、脚拇趾、脚趾、趾关节、脚踵；

一切姿势，一切美好的形态，一切属于我的或你的肉体或任何人的男性或女性的肉体的东西，

肺的海绵体，胃囊，芬芳洁净的肚肠，

颅腔里面的脑子的皱纹，

交感能力，心瓣膜、味觉、性欲、母爱，

女性的气质和属于女性的一切，来自女人的男人，

子宫、乳房、乳头、乳汁、眼泪、欢笑、哭泣、爱的眼神、爱的不安和兴奋，

声音、发音、语言、悄语、大叫，

食物、饮料、脉搏、消化、汗水、睡眠、走路、游泳，

臀部的平衡，跳跃、倚靠、拥抱，手臂的弯曲和伸张，

口和眼睛周围的曲线的不断变化，

皮肤、晒黑的肤色、雀斑、汗毛，

用手抚摩赤裸的肉体时引起的奇异的交感，

呼吸的循环之流，以及吸进和呼出，

腰肢的优美，由此而来的臀部之美，由此而来的直到膝盖的下身的美，

在你体内或我体内的稀薄鲜红的浆汁，骨头和骨髓，

健康的美妙体现，

啊，我说这些不仅仅是肉体的诗篇和肉体的各个部分，而且也是灵魂的诗篇和灵魂的各个部分，

啊，现在我说，这些就是灵魂！

从滚滚的人海中

从滚滚的人海中有一滴水走来温柔地对我低语：

我爱你，我不久就会死去；

我旅行了很长一段路程，仅仅为了来看看你，摸摸你，

因为除非见到你一次，我不能死亡，

因为我怕以后会失掉你。

现在我们相遇了，我们看见了，我们平安无事了，

便放心地回到海洋中去吧，亲爱的，

我自己也是海洋的一部分，亲爱的，我们并非相隔那么远，

请看那伟大的圆球，那万物的聚合，多么完美呀！
可是对于我，对于你，那不可抗拒的海洋将使我们离散，
叫我们在一小时里各奔东西，却不能永远使我们分离；
别着急——只一小会儿——要知道我在向空气、海洋和陆地致意，
亲爱的，每天日落时，为了你。

我俩，我们被愚弄了这么久

我俩，我们被愚弄了这么久，
可现在变了，我们迅速逃走，像大自然一样逃走，
我们就是大自然，我们离开这里已经很久，但是如今回来了，
我们变成植物、树干、树叶、树根和树皮，
我们被安置在地里，我们是岩石，
我们是橡树，我们并排地生长在林中的空地，
我们吃草，我们是野牛群中的两只，如大家一样自然，
我们是在海中一起游泳的两条鱼，
我们是刺槐的花朵，我们早晚在小巷周围散发香气，
我们也是兽类、植物、矿物的粗劣斑点，
我们是两只肉食的苍鹰，我们翱翔在高空，俯视下面，
我们是两个灿烂的太阳，我们在像星球般平衡着自己，我们是两颗彗星，
我们张牙舞爪地在树林中逡巡，我们向猎物跃进，
我们是午前午后在上空奔驰的两朵云，
我们是交汇的海洋，我们是两个欢乐的浪头，在互相浇泼和连环翻滚，

我们是大气，明澈而善于接受，有时能穿透，有时不能，

我们是冰雪，雨水，寒冷，黑暗，我们是地球上的每种势力和产品，

我们绕了一圈又一圈，最后我们又回到家里，我俩，

我们避免了一切，除了自由和我们自己的欢欣。

芦笛集

无论你现在紧握着我的人是谁

无论你现在紧握着我的人是谁，
缺少一样东西便一切都是白费，
在你进一步打我的主意之前我要好言警告你，
我并非你所设想的人，完全不是那一类。

谁是那个将要追随我的人呢？
谁愿意签名作为赢得我的情感的候选人呢？

方式是可疑的，结果难以肯定，也许是毁灭性的，
你将不得不放弃一切，只有我可能成为你独特的唯一标准，
即使如此，你的见习期也将漫长而辛苦，
你的过去的全部生活理论和对周围生活的遵循都必须摒除干净，
所以还是放开我吧，免得你惹更多烦恼，把你的手从我肩上挪开！
把我放下，然后分手去奔你的前程。

要不然就偷偷地到树林中去试试，
或者到空旷处一块岩石背后，
（因为在任何一间住宅的房子里，或者在人群中，我都不会出现，
在图书馆我只躺着，像个哑巴、白痴，或者还没出生，或者已经死了。）
可是仍然有可能跟你在一座高山上，先看看有没有人从远处不知不觉地来到，
也可能跟你在海上航行，或者在大海或某个寂静的岛屿的

滩头，

在这里我容许你将你的嘴唇压在我的嘴唇上，

像一个伙伴的吻或一个新婚丈夫的吻那样长久，

因为我就是那位新婚丈夫，我就是那位同伙。

或者如果你愿意，就把我塞进你的衣服底下，

在那里我可以感觉到你心脏的跳动，或伏在你的大腿上，

让你带着我到陆地或海上去旅游；

因为只要这样接触着你就足够了，就最好了，

而这样接触你时我会静静地睡着，由你永远携带着。

但是你读的这些诗篇你读了会有风险，

因为你不会理解这些诗和我，

它们自始至终会叫你愈来愈难以捉摸，我一定叫你难以捉摸，

即使你自己觉得你已经毫无疑问地抓住了我，可是你瞧！

你眼巴巴地看见我已经跑掉。

因为我不是为了已经注入书中的内容而写这本书的，

你也不会读了它便能把它得到，

那些钦佩我并大肆赞美我的人也并非最了解我，

那些想赢得我的友爱的候选人（除非只是极少的几个）也不会胜利，

我的诗也不会只有益处，它们也同样有害处，甚至更多，

因为要是没有那些我所暗示的东西，那些你尽管多次猜测也不曾猜中的东西，一切便都会毫无结果，

所以，还是放开我，走你的路好了。

为了你，啊，民主！

来，我要创造不可分离的大陆，
我要创造太阳所照耀过的最光辉的种族，
我要创造神圣的磁性的国土，
　　　　以伙伴之爱，
　　　　　　以伙伴之间终生不渝的爱。

我要沿着美利坚所有的河川，沿着各个大湖的岸边，并在所有的大草原上，栽种像森林般稠密的伙伴关系，
我要创造不能分散的城市，让它们彼此用手臂紧搂着脖子，
　　　　以伙伴的友爱，
　　　　　　以伙伴之间的男性的爱。

我为你付出这些，啊，民主，为你服务，我的女人呀，
为你，为你，我在震颤着唱这些歌。

我在春天歌唱着

我在春天歌唱着为情人们采集这些，
（因为除了我谁还了解情人们和他们所有的悲欢呢？
除了我还有谁该是伙伴们的诗人呢？）
我采集着，走遍这花园、这世界，但是很快便通过大门，
时而沿着池边，时而稍稍涉水，不怕打湿身子，
时而走近栅栏式的篱笆，那儿堆积着从田野拾来抛下的乱石，

（野花、藤蔓和杂草从石块间生长出来，部分地遮盖着它们，我从旁走过，）

在很远很远的森林里，或者后来在夏天，我随意漫步，还没想过要往哪里行走，

孤独地闻着泥土的气息，不时在寂静中停止，

我本来以为独自一人，但很快有一群人聚集在我周围，

有的走在我旁边，有的在后面，有的抱着我的臂膀或脖子，

他们是我的已死或还活着的亲密朋友的灵魂，愈来愈多，成了一大群，我自己便在其中，

我一边采集一边分赠，一边歌唱着同他们漫游，

摘下点什么作为纪念，谁离得近就向谁抛送，

这里，是紫丁香和一根松枝，

这里，从我的口袋中掏出一些苔藓，我在佛罗里达从它悬挂着的一株活橡树上扯下来的，

这里，是一些石竹和一把鼠尾草以及桂树叶子，

而这里，我此刻在池边涉水时从水中拔出来的，

（啊，这里是我上次看见他的地方，他温情地爱着我又回到我身边，永远不再分离，

而这个，啊，这枝芦笛的根，它将从此成为伙伴的标志，

青年们要用它来彼此交换！谁也不要推辞！）

还有枫树的小枝和一束野柑橘和栗子，

还有几枝红醋栗和梅花，以及芬芳的雪杉，

这些我以一团浓密如云的灵魂围绕着，

我漫步走过时指着它们，摸着它们，或者把它们松散地抛出，

告诉它们每一个他要得到什么，并给它一些东西；

不过，我从池边水中拔出的那个东西仍然保存，

我要把它给人，不过只给那些像我自己所能爱的那样爱着别人的人。

当傍晚时我听说

当傍晚时我听说我的名字在国会如何受到赞扬的时候，那天晚上我仍然不觉得欢喜，

或者当我开怀畅饮，或我的计划都已完成时，我仍然不觉得快意，

但是有一天清早，当我完全健康地从床上起来，精神抖擞，歌唱着，吸着秋天成熟的气息，

当我看见圆月在西天渐渐暗淡并在曙光中消隐时，

当我独自在海滩上徘徊，脱下衣服洗浴，与清凉的水波一同欢笑并看着太阳升起时，

当我想到我亲爱的朋友、我的情人正在路上走来，啊，那时我才幸福，

啊，那时每一口呼吸才更觉香甜，整天的食物才更有营养，那美丽的一天才过得惬意，

而且第二天也一样高兴，第二天黄昏我的朋友来了，

那天晚上万籁无声的时候，我听见波涛缓缓地不停地滚上岸来，

我听见嗞嗞的液体和沙沙的水声，仿佛是在对我细语，庆贺我，

因为我所最爱的那个人就在这凉夜的同一被盖下躺在我旁边睡着了，

在秋月光辉的寂静中他的脸儿偎依着我，

他的手臂轻轻地搂着我的胸脯——那天晚上我真的快乐。

在路易斯安那我看见一株活橡树在成长

在路易斯安那，我看见一株活橡树在成长，
它孤独地站立着，苔藓从它的枝上往下垂，
那儿没有一个伙伴，它独自生长，吐出暗绿色的欢乐的叶子，
它的相貌粗鲁、刚直而健壮，令我想到我自己，
但是我惊异它怎能独自站在那里吐着欢乐的叶子，却没有朋友在它的身边，因为我知道这是我做不到的，
于是我从它身上折下一根长着些叶子的小枝，并用少许的苔藓缠在上面，
然后带着它走开，把它放在我房里看得见的地点，
我用不着让它来提醒我想起我自己的亲密朋友，
（因为我相信我近来除了他们很少想到别的什么，）
不过它仍是我的一个奇异的标志，它使我想起男人的爱恋，
虽然如此，而且尽管那株活橡树在路易斯安那一片宽阔平坦的空地上孤独地闪烁，
终生吐着欢乐的叶子，而没有一个朋友、一个情人在身边，
我仍然清楚地知道我做不到这一点。

给一个陌生人

过路的陌生人！你不知道我怎样热切地望着你，
你一定是我寻求的那个男人，或者那个女人，（这对我真像是在梦里，）
我曾经肯定同你在一起过了一段快乐的生活，
当我们现在潇洒、多情、贞洁而成熟地彼此擦身走过时，一切

都记起来了，

你跟我一起长大，作为一个男孩或一个女孩跟我在一起，

我同你一起吃饭，一起睡觉，你的身体成了不仅仅是你的，我的也不仅仅是我的，

我们相逢时你让我欣赏你的眼睛、脸和肉体，作为回报你接受了我的胡须、胸脯和双手，

我并不要对你说什么，我只要想着你，当我独个儿坐着或晚上独自醒来的时候，

我将等待，我一点不怀疑我将再一次遇见你，

我要留心，我绝不把你失掉。

大地，我的肖像

大地，我的肖像，

虽然你显得这样冷淡，宽阔，浑圆，

我还是怀疑这并非全面；

我还是怀疑你身上有种凶猛的东西会随时爆发，

因为有个好汉在热恋着我，我也热恋着他，

可是对于他，我身上有种会随时爆发的东西，它那样凶猛可怕，

以致我不敢用言语说出来，甚至不敢在这些诗中表达。

我在一个梦中梦见

我在梦中梦见，我看到一座城市，它在全世界的进攻下坚不可摧，

我梦见那是一座新的由“朋友”组成的城市，
那里最伟大的莫过于坚强的友爱了，它统帅一切，
这可以每时每刻从那城市居民的行动中，
以及他们每个人的表情和言语中看出来。

大路之歌

1

我轻松愉快地迈步走到大路上，
我健康而自由，面对整个世界，
面前那漫长的褐色道路引向我要去的任何地方。
从此我不再要求幸福，我自己就是幸福，
从此我不再低低哭泣，不再踌躇，不需要什么，
告别了室内的愁苦、图书馆和苛刻的指责，
我强壮而满足地行走着大路。

地球，有了它就够了，
我不要求星群更加靠近我，
我知道它们在所住的地方非常舒适，
我知道它们觉得自己所拥有的人已经足够。

（不过在这里我仍然背着我原有的可爱的负荷，
我背负着他们，男人和女人，无论到哪里去我都随身背着，
我发誓，要我卸掉他们那绝不可能，
他们充实了我，我也要充实他们。）

2

你，我已走上并四面环顾着的路呀，我相信你并不就是这里的一切，

我相信这里还有许多看不见的东西。

这里有一个关于接受的深刻教训，既不偏爱，也不拒绝，

鬈发的黑人，罪犯，病人，文盲，都不拒绝，

婴儿出世，催请医生，乞丐的徘徊，醉汉的摇摆，技工的群聚哗笑，

逃亡的青年，富人的马车，纨绔子弟，私奔的男女，

早起赶集的人，柩车，家具在乡村和城市间的搬去搬回，

他们走过，我也走过，一切都走过，谁也不受阻碍，

没有什么不被接受的，没有什么不为我所喜爱。

3

你，给我以气息来说话的空气呀！

你们，把我的种种意思从涣散中召回并给它们以形态的物体呀！

你，把我和万物包裹在细密而均匀的阵雨中的亮光呀！

你们，在路旁被践踏得坑坑洼洼的路径呀！

我相信你们中潜藏着看不见的生机，你们对我是那么可贵。

你们这些铺着石板的城市道路呀！你们这些路边的坚固的镶边石呀！

你们这些渡船！你们这些码头上的木板和竖杆！你们这木头堆砌的两岸！你们这些远方的船！

你们这一排排的房子！你们这些镶嵌着窗子的门面！你们这些屋顶！

你们这些游廊和入口！你们这些压山墙和铁门！

你们这些披着暴露甚多的透明铠甲的窗户！

你们这些前门和往上的台阶！你们这些拱门！

你们这些不见尽头的石砌路上的石块！你们这些踏平了的十字路！

我相信你们自己已经从一切接触过你们的东西取得了收获，如今要将同样的秘密地传给我，

你们那冷漠无情的表面从活着和死了的一切中留下了人事的遗迹，它们的精神对于我既明白而又可喜。

4

地球在右边和左边扩展，

画面很生动，每个部分都十分清晰好看，

音乐在需要的地方演奏，在不需要的地方停息，

这便是大路上的愉快的声音，大路的欢乐清新的情感。

我所走着的大路啊，你在对我说别离开我吗？

你是否对我说不要冒险——如果你离开我你就完了？

你是否对我说我已经准备好，我受够了敲打，不会被否定，紧跟着我？

大路啊，我回答说，我不怕离开你，可是我爱你，

你说明我比我说明自己好多了，

你对于我会比我的诗更有意义。

我想那些英雄业绩都是在户外构思的，所有自由的诗歌也是这样。

我想我能够自己停留在这里并做出奇迹，

我想无论我在路上遇见什么我都会喜欢，无论谁看见我都会喜欢我，

我想我所见到的无论什么人都会快乐。

5

从这时开始，我命令我自己摆脱羁绊和想象中的绳索，

到我乐意去的地方去，成为自己的绝对的主人，

倾听着别人，考虑他们的言论，

沉吟着，探索着，接受着，思量着，

温和地，但是怀着不可抗拒的意志，从那些企图控制我的束缚中解脱我自身。

我大口大口地把空间吸收，

东方和西方属我所有，北方和南方也属我所有。

我比我所想象的还要巨大、美好，

我以前并不知道我拥有这么多的美德。

在我看来一切都很美丽，

我可以对男人和女人再三申说，你们给我做了这样的好事，我会同样对待你们的，

我此去要为我自己和你们求得补充，

我要在男人和女人中将我自己散布，

我要在他们中间投放新的喜悦和粗鲁，

无论谁拒绝我也不会叫我烦恼，

无论谁接受我，他或她将受到祝福并为我祝福。

6

现在，如果有一千个完美的男人要出现，那不会使我惊奇，
现在，如果有一千个女人的美丽形体出现了，那不会使我诧异。
现在我看出了造就最优秀人物的奥秘，
那就是在露天中生长，和大地一起饮食、休息。

在这里，一种伟大的个人业绩有发展余地，
（这样的业绩把握着全人类的心，
它的力量和意志的散发会压倒法律，并嘲弄一切反对它的权威和议论。）

这里是智慧的考验，
智慧最终不是在学校受到考验，
智慧不能从一个拥有它的人传给另一个不拥有的人，
智慧属于灵魂，不容许证明，而是它本身的证明，
它适用于一切阶段、事物和品质而无所不足，
它是事物的现实性和不朽性的肯定，也是事物的精髓；
在事物表象的浮游中有某种东西能将它从灵魂中引出。

现在我重新检验哲学和宗教，
它们在课堂里可能证明不错，可是在辽阔的云天下，在自然景物和激流之旁，却变得莫名其妙。
这里是实感，
这里是一个受到检验的人——他认识他身上所有的东西，

过去，未来，尊严，爱情——如果它们那里没有你，你也就没有它们。

只有每件事物的核心才有营养；
那个为你和我剥掉外壳的人在哪里呢？
那个为你和我揭穿阴谋和蒙蔽的人在哪里呢？

这里是黏着性，它不是先前安排好的，而是碰巧，
你知道你路过时受到陌生人的喜爱是怎么回事吗？
你知道那些转动着的眼珠子在说些什么？

7

这里是灵魂的流露，
灵魂的流露出自内部，通过林荫掩蔽的大门，永远在提出种种疑问，
这些渴望怎么会有的？这些黑暗中的思想怎么会有的？
为什么会有男人和女人，他们走近我时阳光便使我的血液沸腾？
为什么他们离开我时我的欢乐的旗帜便会下垂、疲软？
为什么有那些树林，在它们底下我一行走便会有壮阔美妙的思想降临？
（我想它们无论冬夏都挂在那些树上，我走过时便常常掉下果实；）
我那样突然地与陌生人交流的是什么呢？
当我坐在一个赶车人身旁的座位上，我同他交流些什么呢？
当某个渔夫在河边拉起他的大渔网，我从旁经过并停留下来跟他交谈些什么呢？
使我随便接受一个女人和一个男人的好意的是什么呢？使他们

那样随便接受我的好意的又是什么呢？

8

灵魂的流露是幸福，这里便是幸福，

我想它是弥漫在空中，随时都在等候着，

如今它向我们流来，我们理所当然地承担了任务。

这里出现了一种流动而有附着性的特征，

这种流动而有附着性的特征是男人和女人的新鲜和香甜，

（早晨的芳草每天从它们自己的根部散发出来的，也不会比它不断从自己散发的更新鲜而香甜。）

向着那流动而有附着性的特征渗出的是青年人和老人的爱的汗水，

从它那里蒸馏过和滴下来的是嘲弄美和成就的魅力，

而渴望接触的疼痛在向它起伏和震颤不已。

9

走呀！无论你是谁，请和我一起旅行吧！

和我一起旅行时你会发现是什么永远也不会疲倦。

地球永远不会疲倦，

地球最初是粗陋的，沉默的，不可理解的，大自然最初是粗陋的和不可理解的，

请不要灰心，继续前进，前面有荫蔽得很好的神圣的东西，

我对你发誓，那里有神圣的东西，比言语所能形容的更加美丽。

走呀！我们绝不要在这里停留，

无论这里的储藏多么丰美，无论这个住处多么方便，我们不能留在这里，

无论这个港口多么荫蔽，无论这些水面多么平静，我们决不要在这里停泊，

无论周围那殷勤好客的环境多么可亲，我们只容许短暂地享受。

10

走呀，前面还有更大的诱惑，
我们将在茫无边际的大海上航行，
我们将到风吹浪打的地方去，那美国式的快船在满帆下飞速前进。

走呀，携带着力量、自由、大地和风雨雷电，
携带着健康、反抗、欢乐、自尊和好奇心；
走呀！告别一切的公式！
告别你的公式，啊，那些长着蝙蝠眼的拜物的牧师。

陈腐的尸体阻塞着通道——葬礼不能再等了。

走呀！可是要当心！
和我一起旅行的人需要最好的血液、筋肉和耐性，
没有人可以前来试验，除非他或她带着勇气和健康，
你最好别到这里来了，如果你已经把你自己的精髓耗尽，
只有那些具有美妙而坚强的躯体的人才能到这里来，
这里不允许害病的、酗酒的或花柳病患者前来安身。

（我和我的同伴不以论证、比喻和诗歌来使人信服，

我们以我们的存在来说服人。）

11

听着！我将老实对待你，

我不会提供陈旧光滑的奖品，而要提供粗糙的新的东西，

这些便是你必然会有的遭遇；

你不会积累人们所谓的财富，

你将挥霍地花掉你所赚到或成就的一切，

你只会到达那个你命定要去的城市，在那里你还来不及满意地定居，一种不可抗拒的召唤就会让你离去，

你将落到被那些在你后面留下来的人加以嘲笑和愚弄的地步，

对于你所接受的爱的招手你只能用热情的吻和别离来答复，

你将不能容许那些向你伸出手来的人把你握住。

12

走呀！跟在伟大同伴们的后面，作为他们中间的一员！

他们也在大路上行进——他们是矫捷而庄严的男子——她们是最伟大的女人，

海的宁静和海洋风暴的欣赏者，

驾驶过许多船只的水手，走过许多英里陆路的步行者，

许多远方国家的常客，遥远住处的常客，

男人和女人的信托人，城市的观察者，孤独的劳动者，

中途停下来望着草丛、花朵和海边的贝壳沉思的人，

婚礼舞的舞蹈者，亲吻新娘的人，孩子们的亲切帮助者，孩子们的教育者，

叛乱的士兵，墓穴旁的看守，将棺材吊下墓去的人，

四季不断、年复一年，随着奇妙的年头一个接一个地出现的旅行者，

好像携着伴侣的——那就是说携着他们自己的不同方面的旅行者，

从潜在的尚未实现的婴儿时期开始的朝前迈步者，

欣逢他们自己的青春时代的旅行者，有了胡子和完全成熟了的成年旅行者，

处于妇女成熟期的丰腴、绝妙和满足的旅行者，

处于他们自己的庄严的老年时期的男性或女性旅行者，

老年——宁静、开朗、广博，带有傲慢的宇宙般的宽度，

老年——带着美妙的临近死亡的自由在随心所欲地奔流。

13

走呀！沿着那没有尽头也没有开端的旅途走去，

去备历艰苦，白天跋涉，晚上歇宿，

把一切都融合在他们所经历的旅程和度过的日夜之中，

更要把它们融合在高尚旅行的开端处，

不要看任何地方的任何东西，只看那些你能够达到和经过的，

不要去设想时间，无论多远，只想你能达到和经历的时候，

不要在什么路上前后张望，只一心走那向前延伸和等着你的一条，它无论多远总是在向前延伸和等着，

不要理会什么存在，无论是上帝的或任何别的，只有你也要朝着走去的那里，

不要理会什么占有，除了你可以占有、不用劳动和购买就能享有的一切，不要只取一脔，而要享受整个的筵席，

取来农人的农庄中和富翁的精美别墅中最优美的东西，果园里的果子和花园里的花，以及新婚夫妇的纯洁祝愿，

在你穿过拥挤的城市时可以取用你所需要的东西，

以后无论你到哪里去，都可以随身携带着建筑物和街道一起，
遇见别人时从他们脑子里采集智慧，从他们心里采集爱恋，
带着你的情人一起上路，尽管你会把他们留在后面，
将宇宙本身理解为一条大路，许多大路，为旅行着的灵魂开辟的大路。

为了让灵魂前进，所有的一切都让开，
所有的宗教，所有物质的东西、艺术、政府，所有那些曾经或现在显然存在于这个地球或任何地球上的东西，在沿着宇宙的宽广大道前进的灵魂队列前面，都退避到隐蔽的角落里去。

对于男人和女人的灵魂沿着宇宙的宽广大道的行进，一切别的进程都只是必要的标志和支撑。

永远生气勃勃，永远前进，
庄严的，肃穆的，忧伤的，退缩的，困惑的，疯狂的，骚乱的，怯弱的，不满足的，
绝望的，骄傲的，钟情的，患病的，受人欢迎的，被人排斥的，
他们在走呀，他们在走呀，我知道他们在走，可是我不知道他们向哪里远行，
不过我明白他们在向最好的地方前进——向一种伟大的目标前进。

无论你是谁，出来吧！无论你是男是女，出来吧！
你不能躲在屋子里睡觉，或虚度光阴，尽管屋子是你建筑的，或者是为你建筑的。

从黑暗的禁锢中出来呀！从屏幕后面出来呀！

抗议是没有用的，我知道一切，并且要揭穿它。

我看透了你和别人一样不妙，
从人们的嬉笑、跳舞、午餐、晚餐中，
从衣着和打扮里，从那洗净了、修整了的容貌，
看到了一种暗藏的沉默的厌恶和潦倒。
没有可信任的丈夫、妻子、朋友会听取内心的倾诉，
那另一个自我，每个人的复本，总是在躲躲闪闪，
在城市大街上无影无声地行走，在客厅里客气而冷淡，
在铁路车厢里，在轮船上，在公众集会上，
在男人们和女人们的家中，在餐桌旁，在卧室里，在任何地方，
衣着时髦，面带笑容，英姿秀挺，胸腔内装着死，头骨底下有地狱隐藏，
在呢绒服和手套里面，在缎带和人造的花朵下面，
照惯例办事周全，不说出一个涉及事物本身的字，
别的什么话都说，就是不谈事物本身和它的实质。

14

走呀！通过奋斗和战争！
已经提出的目标不能改动。

过去的奋斗成功了没有？
有什么成功了？你自己？你的国家？大自然里？
现在请听仔细——事物的本质中规定，从任何成就的结果，无论是什么，都将引出某种使一次更大斗争成为必要的东西。

我的号召是战斗的号召，我培养积极的反抗，

与我同行的人必须好好武装，

与我同行的人时常吃得很省，穷困，会遇到凶恶的敌人和叛党。

15

走呀！大路就在我们面前！

它是安全的，我做过试验——我自己的双脚已经仔细试验过——不要再迟延！

让纸张留在桌子上不要书写，让书本放在书架上不要打开！

让工具放置在车间！让钱留在那里不要去赚来！

让学校开办着！不要去听教师的呼吁！

让牧师在他的讲坛上布道！让律师在法庭上申辩，让法官去解释法律。

伙伴啊，我把我的手给你！

我把我的比金钱更宝贵的爱给你，

我先于说教和法律把我自己给你；

你会把你自己给我吗？你会来同我一起旅行吗？

我们会终生彼此厮守在一起吗？

横过布鲁克林渡口

1

在我下面的浪潮啊，我面对面看着你！

西天的云——太阳在那里还有半小时路程——我也面对面看着你。

穿着平常衣服的成群的男女，你们对我显得多么新奇！

渡船上成百上千过河回家的乘客对我来说比你们所想象的还要新奇，

而你们，那些在今后岁月中还要从此岸渡到彼岸的人，对我来说更加新奇，比你们所想象的更加在我的沉思默想里。

2

这里是在每天所有的时辰，从所有的事物中，我所获得的微妙营养品，

那个单纯的、紧凑的、连接得很好的结构，我自己从中脱离，人人都脱离了，但仍属结构的一部分，

过去的相似的光景和未来的相似的光景，

在大街上行走和在河上横过时那些像珠子般系在我最微小的视觉和听觉上的光荣，

那同我一起游向远处的迅速的急流，

那些将要跟在我后面的别人，我与他们之间的联系，

别人的真实，别人的生命、爱情、视觉、听觉等等。

别的人将进入渡口的大门并且从此岸渡到彼岸，

别的人将观望浪潮的奔窜，

别的人将看见曼哈顿北面和西面的船只，以及东面南面布鲁克林的高处，

别的人将看见大大小小的岛屿，

今后五十年，别的人过渡时将看见它们，当太阳还有半小时航程，

今后一百年，或者多少个百年以后，别的人将看见它们，

将欣赏这落日，这潮水泛滥，这晚潮向大海退隐。

3

时间或空间都不起作用——距离不起作用，
我跟你们在一起，你们这一代或今后许多个世代的男人和女人，
就像你们望着河流和天空时的感觉一样，我也曾这样感觉，
就像你们每个人是活着的人群中的一员，我也曾是人群中的一员，
就像你们为河上清流的欢乐所感染，我也曾受到过感染，
就像你们在这里凭栏站立，但与急流一起神游，我也曾这样站着神游，
就像你们注视这无数的船桅和汽轮的粗大烟囱，我也曾这样望着。

以前我也许多许多次横渡过这条河流，
看着十二月的海鸥，看见它们在高空中平稳地滑翔，抖擞，
看见它们身体上那些黄色的被照得发光的部分，而其余的部分留在浓重的黑影中，
看见它们缓缓地盘旋并渐渐向南边移动，
看见夏季天空在水中的反映，
一道道忽闪的光辉让我感到了眩晕，
望着照亮的水中我那头影周围的美丽的辐射光柱，
望着南边和西北边那些小山上的薄雾，
望着那些染上紫色的羊毛般的蒸汽，
望着远处的海湾，注意到抵达的船只，
看见它们靠近，看见船上那些与我亲近的人，
看见纵帆船和小帆船的白帆，看见停泊的舰艇，
水手们在缆索中间操作或在外面跨着帆桅，

那些圆的桅杆，那船壳的摆动，那些细长的像蛇一般的三角旗，

那些开动着的大大小小的汽轮，它们舵舱里的舵手，

船过后留下的白色浪花，轮轴的急速转动。

所有各国的旗帜，它们在日落时的降落，

暮色中扇贝形的波浪，像长柄的杯勺，嬉戏的闪闪发光的浪头，

远处那渐渐朦胧的一片陆地，码头旁那花岗石仓库的灰色墙垣，

河上那阴影憧憧的一群，两侧有舢板紧靠着的大拖轮，干草船，迟到的驳船，

邻近的岸上铸造厂烟囱中高高冒出升入夜空的火焰，

它们在强烈的红光和黄光对衬下将纷纷摇曳的黑影投掷到屋顶上和大街的缝隙间。

4

这些和其他一切从前对于我就像现在对于你们，

我曾经很喜爱那些城市，很喜爱那条庄严湍急的河流，

我从前看见过的男人和女人对我都很亲近，

别的人也一样——别的人现在回过头来看我，因为我曾经向前看过他们，

（那时间会到来的，尽管今天今夜我在此消停。）

5

那么，我们之间有什么呢？

我们之间的那个几十年或几百年算什么呢？

无论是什么，它不起作用——时间不起作用，地点也不起作用，

我也生活过，多山的布鲁克林曾经是我的，

我也曾走过曼哈顿岛上的大街，在它周围的海水中游泳，

我也曾感觉到那些好奇的突如其来的疑问在我心中活动，

白天在人群中有时它们会来提醒我，

夜里我很晚回家时或者躺在床上，它们也会来让我思忖，

我也是从那永远保持在液体中的漂流物铸造出来的，

我也曾通过我的肉体接受了个性，

我也曾知道过去的我是由于我的肉体，我知道将来的我也得由我的肉体来证明。

6

那一片片黑影不仅落在你身上，

黑影也曾一片片地降临于我，

我所达到的最大成就据我看是空虚而可疑的，

我所自认为伟大的思想，实际上不是很贫乏吗？

也并非只有你才知道什么是邪恶，

就是我这个人也知道邪恶是什么，

我也曾编过那个古老的矛盾之结，

我曾胡说过，脸红过，怨恨过，欺骗过，偷盗过，妒忌过，

有过诡诈、愤怒、淫欲和不敢明说的念头，

曾经刚愎自用，爱好虚荣，贪婪，浅薄，狡猾，恶毒，怯懦，

身上并不缺少豺狼、毒蛇和蠢猪般的东西，

以及骗人的面孔，轻佻的言语，淫邪的欲望，

拒绝、仇恨、拖延、卑鄙、懒惰，应有尽有，

和其他的人一起，有着其他人一样的日子和运气，

当年轻人看见我走近或经过时都以最亲昵的名称和响亮的声音招呼我，

当我站住时便感到他们的胳臂勾着我的脖子，或者我坐着时他们的肉体不经意地靠在我身上，

我曾经在大街上或渡船上或公众集会上看见我所爱的人，可是对他们一句话也没讲，

我与别的人过同样的生活，同样地欢笑，苦恼，睡觉，

扮演着还在使人追念的那个男演员或女演员的角色，

那同一个古老的角色，那个我们创造出来的要多伟大有多伟大的角色，

或者要多渺小有多渺小，或者又伟大又渺小。

7

我更加接近你了，

你如今对我有什么想法，我曾经也这样想你——我事先就有了贮备，

在你诞生以前，我就长期严肃地考虑过你。

那时谁知道我会回想起什么呢？

如今谁不知道我正在享受这个呢？

如今，尽管距离很远，尽管你看不见我，谁不知道此刻我也在那样看着你呢？

8

啊，对我来说，还有什么比包围在桅樯中的曼哈顿更庄严可敬的呢？

还有什么比得上这河流、落日和浪潮的扇贝形水波？

这摇摆着身子的海鸥，这暮色中的干草船，这迟到的驳船？

什么神灵能胜过这些人，他们紧抓着我的手，当我接近时立即高声地用我所爱的声音、以最亲昵的名称招呼我？

还有什么比这个将我与那些注视着我的脸孔的女人或男人系在一起的东西，

比这个现在将我融合于你并把我的心意倾注到你心中的东西更微妙的呢？

那么，我们了解了，是不是？

难道你没有接受我不曾明言便允诺了你的东西吗？

那些虽然苦学也教不会的东西——那些连说教也无法完成的东西，现在已经完成了，难道不是吗？

9

向前流吧，河流！与涨潮一起奔涌，与落潮一起退走吧！

继续嬉戏吧，你们这些头戴花冠的扇贝形波涛！

日落时候瑰丽的云彩呀！用你们的光辉浸透我或者我以后若干世代的男人和女人吧！

从此岸横渡到彼岸，数不清的过渡的人群呀！

站起来吧，曼哈顿的高耸的樯桅！站起来吧，布鲁克林的美丽的群山！

跳动吧，困惑而又好奇的大脑，把问题和回答抛出来呀！

在这里和无论哪里暂停吧，液体的永恒漂流！

凝望吧，可爱的焦渴的眼睛，在房子里或大街上或公众集会的场所！

发出声来吧，青年们的声音！用最亲昵的名称高声而悦耳地叫我呀！

活吧，古老的生命！扮演那使人回想起那个男演员或女演员的角色呀！

扮演那个古老的角色，那个可以随意使之伟大或渺小的角色吧！

考虑考虑吧，我的读者们，是否我不会以陌生的方式正在注视着你们；

坚定些吧，河上的栏杆，要支撑那些懒懒地倚着你们可又随着急流在迅跑的人；

继续飞吧，海鸟们，侧着身子飞，或者在高空绕着大圈子盘旋；

接受夏季的天空吧，你这河水，忠实地抱着它，直到所有俯视的眼睛能从容地从你怀里将它享用！

散开吧，辐射的光线，从照亮的水中我的头影或任何人的头影！

来吧，从远处海湾驶来的船只！向上或向下开动吧，白帆的双桅船，小帆船，驳船！

飘扬吧，所有国家的旗帜！日落时一定得降下！

把你们的火苗高高扬起吧，铸造厂的烟囱！入夜时把黑影抛下！把红光和黄光抛掷到屋顶！

你们这些表面现象啊，无论现在或今后，请表明你们是什么，

你这必要的薄膜啊，请继续把灵魂包着，

请为了我在我的身体周围、为了你在你的身体周围飘起最圣洁的香气，

繁荣起来吧，都市——带着你们的货物，带着你们的展品，这些像河流般浩大而充沛的东西，

扩张吧，也许比一切别的事物都更加富于灵性的存在，

保持你们的地位吧，比一切别的东西都更能持久的物体。

你们曾经等候过，你们永远在等候，你们这些哑口无言的美丽

的使者，

我们终于怀着自由的感觉接待你们，并且从此永不会满足，

你们再也不可能使我们迷惑或拒不接近我们，

我们要使用你们，不把你们抛置在一旁——我们永远将你们栽植在我们心中，

我们不测度你们——我们爱你们——你们身上也有的是完美，

你们对永恒尽到了你们的责任，

无论伟大或渺小，你们对灵魂尽到了你们的责任。

欢乐之歌

啊，唱一支最欢乐的歌！

充满着音乐——充满着男人气概，妇女心肠，婴儿本性！

充满着普通的劳动——充满着谷物和树林。

啊，歌唱动物的声音——啊，歌唱鱼类的迅捷和平衡！

啊！歌唱一支歌中雨点的坠落！

啊，歌唱一支歌中阳光和波涛的运动！

啊！我的精神的欢乐——它不受拘束，它像闪电般飞蹿！

仅仅拥有这个地球或一段时间是不够的，

我要的是千万个地球和全部的时间。

啊，司机的欢乐！与火车头一起奔驰！

听那蒸汽的咝咝声，欢快的尖叫，汽笛的长鸣和火车头的哗笑！

不可抗拒地一往无前，飞速地在远处消失。

啊，在田野和山腰间的轻快的散步！
那最常见的野草的叶片和花朵，树林里最湿润而清新的寂静，
黎明时大地的清香，一直流溢到中午。

啊，男骑手和女骑手的欢乐呀！
那鞍鞯，那驰骤，那在马背上的压力，那吹拂着耳朵和头发的凉风！
啊，救火员的欢乐呀！
我在阒寂的午夜听到警报声，
我听到钟声，叫喊声！我赶过人群，我飞跑！
火焰的光景使我高兴得近乎狂奋。

啊，那膂力过人的决斗者的欢乐，他威风凛凛地挺立在竞技场上，满怀自信，渴望着与对手相逢。

啊，那种天生的巨大同情心的欢乐，它只有人类灵魂才能产生，并坚定而滔滔不绝地流入人群。

啊，母亲的欢乐！
那守望，那坚忍，那珍贵的爱，那痛苦，那耐心地献身的一生。

啊，增殖、成长、康复的欢乐啊！
抚慰和镇定的欢乐，协调和融洽的欢乐。

啊，回到我出生的地方去，
去再一次听那些小鸟歌唱，
去再一次在住宅和谷仓周围、在田野里散步，
再一次穿过果园前行，沿着旧时的小路。

啊，在海湾里、礁湖畔、小溪边或者在海滨一带长大，
一辈子住在那里从事劳动，
那海盐和潮湿的气味，那海滩，那浅水中露出的海草，
那些渔夫的作业，那些捕鳗者和拾蛤者的搜寻；
我带着拾蛤用的铁耙和铲子来了，我带着鳗叉来了，
潮水退了吗？我加入平滩上那群拾蛤的人中，
我和他们一起欢笑和工作，我像个生气虎虎的少年边说笑边劳动；
冬天我提着鳗鱼篮子和鳗鱼叉出去，在冰上行走——我有一把凿冰用的斧头，
你看我穿着整齐，愉快地走出或在下午回来，由那伙强壮的少年陪伴着，
我的那些成年或半成年的小伙子同任何别人在一起都不如同我一起时那样欢乐，
他们白天同我一起工作，晚上同我一起睡觉。

有一次天气暖和的时候坐船出去，去提取那些用石块压在水里捕龙虾的篓子（我认识那些浮标），
啊，日出前五月的清晨多么甜美，那时我划着船向浮标驶去，
我将那些柳条筐斜着拖上来，取出那些暗绿色的龙虾，这时它们拼命地舞动着钳子，我只好用木钉插进它们的巨螯，

我一处又一处地到了所有的地方，然后把船划回到岸边，
那儿有一桶滚沸的水，龙虾将放在水里直煮到颜色变红的时候。

又一次是捕鲭鱼，
这些鱼贪食，急于上钩，疯狂地游近水面，似乎把好几英里的河水塞得满满；
另一次在切萨皮克海湾捕捞岩石鱼，我是那些脸色黑红的水手中的一员；
还有一次是追踪离巴曼诺克河不远处的鲹鱼，我笔挺地站在那里，
我左脚踏着船舷，右臂把细绳的网子撒出去很远，
在我周围看得见有五十只小船在迅速地游来游去，作为我的同伴。

啊，划着船在河流上航行，
沿着圣劳伦斯河顺流而下，那绝妙的风景，那些汽艇，
那些航行的船只，经过千岛，偶然遇到木筏和手持长桨的筏夫，
那些筏上的小屋，黄昏晚炊时那青烟缕缕。

（啊，一种有害而可怕的东西！
一种与渺小虔诚的生活相去甚远的东西！
一种未被证实的东西！一种处于昏睡状态的东西！
一种逃脱了铁锚而自由驰骋的东西。）

啊，去矿上劳动，或者去炼铁，
在铸造厂铸铁，铸造厂本身，那粗陋高耸的屋顶，那宽大而阴暗的空间，

那熔炉，那倾倒出来滚滚流着的炽热的铁水。

啊，重温士兵的欢乐！
去体验有个勇敢的司令官在场的感觉——去感受他的同情！
去观察他的冷静——去接受他那微笑光辉的温馨，
去战斗——去听军号的吹奏和战鼓咚咚声，
去听大炮的轰响——去看阳光下闪烁的刺刀和枪筒！
去看士兵们倒下死亡而毫无埋怨！
去体尝野蛮的血腥味儿——去像恶魔般行动！
去幸灾乐祸地看着敌人受伤和丧命。

啊，捕鲸人的欢乐！啊，我又一次在旧地巡游！
我感觉船在脚下移动，我感觉大西洋上的微风吹拂着我，
我又一次听见从桅顶传下来的叫喊：“看哪，鲸鱼喷水了！”我又一次跳上缆索与别人一起观看——我们下来，兴奋得发狂，
我跳进放下的小船，我们向猎物所在的地方划去，
我们偷偷地静静地接近，我看见那山峦般的庞然大物懒懒地在晒太阳，
我看见那手执鲸叉者站起来，我看见武器从他强健的手臂上掷出去，
啊，那受伤的巨鲸又迅速地向远洋游去，潜入水中，迎风奔窜，拖着我，
我又一次看见他浮起来呼吸，我们又划着船靠近，
我看见一支长矛扎进他的肋部，扎得很深，在伤口中转动，
然后我们又退后，我看见他又下沉了，生命在迅速地离开他，
我看他升起时喷的是鲜血，他游着的圈子愈来愈小，迅速地劈

着水面——我看见他在接近死神，

他在圈子中央痉挛地一跃，随即平平地落下，静静地躺在血沫中。

啊，我那豪迈的老年时代，我的最高贵的欢乐！

我的儿女们和孙儿孙女们，我那雪白的头发和胡须，

我那漫长生命中的宽宏、镇定和庄严的风度。

啊，妇女成熟的欢乐！啊，终于得到的幸福！

我已经八十多岁了，我是最可尊敬的母亲，

我的头脑多么清醒——所有的人都与我那么亲近！

这些胜过从前的吸引力是什么呢？这些比青春更美的花朵是什么呢？

这些降临于我、又从我身上出现的美是什么呢？

啊，演说家的欢乐！

要鼓起胸脯，要让声音如雷霆般从两肋间和喉咙里滚出，

要让人们和你一起愤怒，哭泣，憎恨，渴望，

要引导美利坚——要以伟大的喉舌将美利坚征服。

啊，我的依靠自身取得平衡的灵魂，从物质中获得个性又热爱物质，观察着人们又吸收人们，

我的灵魂颤动着回到我自己，从它们，从视觉、听觉、触觉、理性、发声、比较、记忆，等等，

我的感官和肉体的真实生命超越于我的感官和肉体，

我的身体不再需要物质，我的视觉已不再需要物质的眼睛，

今天已无可指摘地证明，那最终看见的并不是肉眼，

那最终爱恋、行走、欢笑、叫喊、拥抱和繁殖的也不是我的血肉之身。

啊，农人的欢乐！

俄亥俄人的，伊利诺伊人的，威斯康星人的，加拿大人的，艾奥瓦人的，堪萨斯人的，密苏里人的，俄勒冈人的欢乐呀！

天一亮就起来，轻快地走出去劳动，

秋天犁地，准备冬天播种的庄稼，

春天犁地，准备播种玉米，

秋天修整果园，嫁接果木，把苹果摘下。

啊，到游泳池去洗澡，或者在海边一个适宜的地方，

去泼溅水花呀！在没踝的水中行走，或光着身子沿海岸赛跑。

啊，去充分认识空间！

那全部的宽余，无边无际，

走出去，与天空、太阳、月亮和飞扬的云彩相混合，同它们结为一体。

啊，一个男子汉的自我独立的欢乐！

不对任何人卑躬屈节，不服从任何人、任何知名或不知名的暴君，

挺直身子走路，迈着轻盈欢快的步履，

以镇静的目光或晶亮的眼睛观看事物，

以饱满而洪亮的声音说话，出自宽宏的心胸，

让你自己的人格与地球上所有别人的人格正面相逢。

你懂得青年人的无比欢乐吗？
亲爱的伙伴、快乐的言语和微笑的面容的欢乐？
清新明媚的白天的欢乐，开心畅快地游戏的欢乐？
美妙音乐的欢乐，灯火辉煌的舞厅和舞蹈者的欢乐？
丰盛筵席的欢乐，狂歌痛饮的欢乐？

可是我那至高无上的灵魂哟！
你懂得深沉思索的欢乐吗？
那自由而孤独的心的欢乐，温柔而阴郁的情怀的欢乐？
那独行踽踽，委顿而又高傲，痛苦而坚持斗争的欢乐？
那种剧烈论争、心醉神迷的欢乐，白天黑夜严肃沉思的欢乐？
那种想到死亡、想到寥廓无垠的时间与空间的欢乐？
那种对于更好更高的爱之理想，神圣的妻子，甜蜜、永恒、完美的伙伴的预言的欢乐？
所有这一切都是属于你自己的不朽的欢乐，灵魂哟，都是配得上你的欢乐。

啊，当我活着时，是要做生命的主人而不是奴隶，
是要像一个强大的征服者来对待生活，
没有愤怒，没有烦闷，没有更多的埋怨或轻蔑的批评，
在大气、水和土地的庄严法则面前证实我的内在的灵魂不可战胜，
没有什么外界的东西能够支配我。

我不仅歌唱生命的欢乐，我还要重申——还有死的欢乐！

死亡的美妙的接触，它给人以短时间的抚慰和麻木，

我自己抛弃我的粪土般的肉体，让它给烧掉，或者埋葬，或碾成粉末，

我的真正的身体无疑是留给我到别的世界去的，

我的空了的躯壳已与我无关，净化后将做别的用途，永远为大地所享有。

啊，要用比吸引力更大的力量来吸引！

我不知道这是什么——不过你瞧！那是某种不依从任何其他事物的东西，

它进攻，从不防御——可是它以多么大的魅力在吸引啊！

啊，要在寡不敌众的形势下斗争，无畏地面对敌人！

要只身孤胆地对付他们，试试一个人究竟经得起多大的压力！

面对面正视着斗争、痛苦、监狱和舆论的抨击！

登上断头台，泰然自若地朝枪口走去！

成为一个真正的“上帝”！

啊，驾一只船驶向大海！

离开这稳定而难以忍受的陆地，

离开这些令人厌倦的单调的大街、人行道和住房，

离开你们哟，这些坚固不动的土地，坐上一只船，

出航，出航，出航！

啊，让生活从此有一首诗，歌唱新的欢乐！

去跳舞，拍手，欢腾，叫喊，狂蹦，雀跃，向前翻滚，浩浩前行！

要做一个驶向一切港口的世界水手，
本身就是一只船，(请看这些我向太阳和大气张开了的船帆，)
一只快速而饱满的船，满载着丰富的语言，满载着欢乐。

大斧之歌

1

形体美观的武器，苍白而裸露，
头颅从母亲内脏里伸出，
木质的肉，金属的骨，只有一只胳臂，只有一片嘴唇，
从高温中生长的青灰色的叶，从一粒小小种子产生的柄，
栖息在草中和草上，
依傍着又提供依傍。

壮健的形状和壮健形状的特征，男性的手艺，景象和声响，
一个象征的一长串不同的显现，音乐的轻弹，
风琴家的手指在巨大风琴的琴键上连续跳荡。

2

欢迎大地上的一切土地，一一各有其类，
欢迎松树和橡树的土地，
欢迎柠檬与无花果的土地，
欢迎黄金的土地，
欢迎小麦和玉蜀黍的土地，欢迎葡萄的土地，
欢迎糖与米的土地，

欢迎棉花的土地，欢迎马铃薯和甘薯的土地，
欢迎山岳，平地，沙漠，森林，草原，
欢迎河边肥沃的土地，高原，林间空地，
欢迎广阔无边的牧场，欢迎果园和种植亚麻、大麻以及养蜂的丰饶的土地；
同样也欢迎别的表面比较坚硬的土地，
那些与黄金的土地或小麦和果木的土地一样富饶的土地，
矿藏的土地，雄伟而崎岖的矿苗的土地，
煤、铜、铅、锡、锌的土地，
铁的土地——造就斧头的土地。

3

木堆旁的木头，由它支持着的大斧，
森林中的小屋，门口的藤蔓，开辟出来作花园的空地，
暴雨过后洒落在树叶上的不大均匀的雨滴，
断断续续的哀哭和悲叹声，使人想到大海，
想到在暴风雨中被击坏的船只，船身翻倒，折断了樯桅，
联想到那些旧式房屋和谷仓的巨大梁木时的感触，
留在记忆中的绘画和故事，那些带着家小和货物冒险航行的人们，
弃舟登岸，建立一座新的城市，
那些寻找新英格兰并找到了它的人们的航海，从任何地方起程，
在阿肯色、科罗拉多、渥太华、威拉米特① 定居，
缓缓地前进，少量的食物，带着大斧、来复枪和马褡裢，
一切在探险的勇敢的人的美，

① 河名，在美国俄勒冈州西部。

那些伐木少年和虽不刮脸但却清爽的伐木工人的美，

独立、主动和依靠自己的行为的美，

美国人对法律和礼仪的轻视，对约束的万难容忍，

散漫的性格，随意的讽示，坚定；

屠宰坊里的屠夫，小帆船和单桅船的船夫，筏夫，拓荒者，

冬天帐篷里的木材工人，树林中的黎明，树枝上的积雪，偶尔的折枝声，

一个人自己的愉快清脆的声音，欢乐的歌，树林中的自然生活，一天的扎实工作，

晚上灿烂的火花，香甜的晚餐，谈话，用松枝和熊皮铺成的床；

在城里或任何地方劳动的房屋建筑工，

拼接材料，制成方块，锯开，接榫，

举起横梁，把它们送到自己的位置，安放齐整，

按照准备的程序把梁间短柱安进榫口，

铁锤和木槌的敲打，人们的姿势，他们那弯曲的肢体，

躬腰，站起，跨着横梁，敲进钉子，用撑子和支柱固定，

弯着的一条胳臂压住木板，另一条挥动大斧，

地板工使劲将木板拼紧，钉上铁钉，

他们将工具放落到下面托架上的姿势，

在整个空荡荡的建筑物中响彻的回声；

在城里兴建起来的巨大仓库正在顺利施工，

六个框架工，当中一个、两头各两个，将一根作横梁用的沉重的木头小心地抬在肩上，

拥挤的一排泥瓦匠右手拿着泥刀迅速砌着从头到尾二百英尺长的边墙，

那些柔韧的背脊时起时伏，泥刀不断叮当地敲着砖头，

砖头一块又一块砌上，每块都熟练地安放得平平整整，然后用泥刀把儿敲定，

一堆堆材料，灰泥在灰泥板上，灰泥工人在不断地加以补充，

圆木场上的圆木工，那拥挤的一列已经成材的学徒，

他们的斧头在方材上挥动，将它们修饰成桅杆的雏形，

那钢刃斜劈进松木的清脆而短促的拆裂声，

乳白色木屑像大批的薄片和碎片纷纷飞舞，

年轻人的强壮的手臂和臀部在宽松的便服中灵敏地扭动，

码头、桥梁、桥台、堤岸、浮坞和固定设施的建造者，

城里的消防工人，在人烟稠密的区域突然爆发的大火，

赶来的灭火机，沙哑的叫喊声，轻捷的脚步和勇敢的行动，

通过火警喇叭发出的坚决命令，救火员的整队，臂膀一上一下的压水动作，

细长的一阵阵喷出的蓝白色水柱，背上运来的铁钩和梯子，并立即执行任务，

咔嚓地把联结的木头劈开，或者撬开地板，如果底下烟火正浓，

脸上照得通红的群众观望着，火光摇着稠密的人影；

锻铁炉边的锻工，以及他后面使用铁器的人，

大小斧头的制造者，焊工和淬火工，

选购者在冰冷的钢刃上吹气，用大拇指试试是否锋利，

削制把儿的人将把儿牢牢地嵌入斧头的眼孔；

还有过去的使用者们的一行行隐约的形象，

最初的耐心的工匠，建筑家和工程师们，

遥远的亚述人的雄伟建筑物和米兹拉人的大厦，

在执政官以前的罗马人的官吏，

手执板斧作战的古代欧洲的战士，

高举的手臂，砍在戴钢盔的头上的叮当声，
临死的号叫，力竭踉跄的身躯，朋友敌人都朝着那个方向的飞奔，
决心争取自由的臣仆们的反叛的围攻，
招降的召唤，对城堡大门的攻击，休战与谈判，
对当时一个古老城市的洗劫，
雇佣兵和狂徒的喧嚣混乱的冲进，
咆哮，大火，流血，酗酒，疯狂，
从住宅和庙堂任意掠夺来的财物，在强徒劫持下的妇女的尖叫，
随军人员的诡诈的盗窃，奔跑的男人，绝望的老人，
战争的地狱，教条的残忍，
一切公正或不公正的执法者的言行一览表，
公正或不公正的人格的权能。

4

永远是膂力和英勇！
激励生命的也激励死亡！
死者像生者一样前进，
未来并不比现今更难以肯定，
因为地球和人类的粗糙与地球和人类的精致包含着同样的东西，
除了个人的品质什么也没有持久力。

你认为什么才能持久呢？
你认为一个伟大的城市能持久吗？
或者一个生产丰饶的国家？或者一部草拟好的宪法？或者一艘建造得最好的汽轮？
或者用花岗石和钢铁修盖的旅馆？或者任何一项工程杰作、堡

垒、军工产品？

去吧！这些东西本身都不值得珍惜，
它们能暂时应用，舞蹈家为它们跳舞，音乐家为它们演奏，
表演结束了，一切当然都不错，
一切十分正常，直到突然冒出了对手。

一座伟大的城市是拥有最伟大的男人和女人的城市，
哪怕它只是几间破旧的茅屋，它仍是全世界最伟大的城市。

5

一座伟大城市所在的地方并不仅仅是有着长长的码头、船坞、制造业和货栈的地方，

也不仅仅是一个不断向新来者和起锚离去者致敬的地方，

也不仅仅是一个有着最高最豪华的大厦和出售来自世界的货物的商店的地方，

也不仅仅是有着最好图书馆和学校的地方，或者最有钱的地方，

也不仅仅是人口最多的地方。

这城市所在之处有最雄伟的演说家和诗人，
这城市所在的地方被这些人热爱，它也热爱他们并了解他们，
那里没有献给英雄人物的纪念碑，只记载着普通的言行，
那里俭朴有它的位置，谨慎有它的位置，
那里男人和女人都不把法律看重，
那里奴隶没有了，奴隶主也没有了，
那里的居民会立即起来反对被选人物的永不改正的专横，

那里的勇猛的男人女人像海涛汹涌般地纷纷奔赴牺牲的号召，
那里的外部权威常常跟随在先行的内部权威之后行动，
那里的公民永远是头脑和理想，而总统、市长、州长只是受雇的代理人，
那里的孩子们被教育成他们自己的主宰，依靠他们自己，
那里的平静体现在日常事务中，
那里鼓励对心灵的探索，
那里的女人完全与男人一样在大街上的群众队伍中游行，
在那里，她们与男人一样参加公众集会并占有自己的席位，
那里是朋友间相互忠诚的城市，
那里是两性关系清洁的城市，
那里是父亲最健康的城市，
那里是母亲身体最好的城市，
那里是伟大的城市。

6

在一桩大胆的行为面前，争论显得是多么可怜！
在一个男人或女人的注视下，城市里的物质繁华显得多么贫乏！

一切都在等待或暂时中止，直到一位强者出现；
一位强者是一个民族也是宇宙的能力的证明，
当他或她出现时，物质便黯然失色了，
关于灵魂的争论也只得暂停，
那些陈旧的习俗和言辞也转身走开，非常窘困。

如今你赚钱的活动算得了什么？它有什么用？

如今你的体面算得了什么？
你的神学、教育、社会、传统、法令算什么？
你谈到存在时开的玩笑如今在哪里？
你对灵魂的吹毛求疵的态度又怎么样呢？

7

一片荒凉的景色掩盖着矿苗，外表虽令人却步，这地方却十分好，
这里是矿区，这里是矿工，
这里有熔铁炉，铁砂熔化了，锻工拿着钳子和锤子站在一旁，
过去和现在经常使用和应用的东西都在附近。

没有什么比这个服务得更好，它一直在为大家效劳，
曾经为语言流畅、思辨精深的希腊人和他们之前很久的人效劳，
为建造最能持久耐用的建筑物效劳，
为希伯来人、波斯人和最古老的印度斯坦人效劳，
为那些在密西西比河上筑堤的人效劳，为那些在中美洲留下了遗迹的人效劳，
为林地中或平原上那些有着未雕琢过的柱头和巫师的阿尔比恩[①]庙宇效劳，
为斯堪的纳维亚雪山上那些人工造成的又高又大又静穆的裂缝效劳，
为那些我们想不起的远古时代在花岗岩墙上刻画太阳、月亮、星星、船只和海浪的人们效劳，
为哥特人入侵的道路效劳，为畜牧部族和游牧人效劳，

---

① 英格兰古名。

为遥远的凯尔特族效劳，为波罗的海强悍的海盗效劳，
为那很久以前的埃塞俄比亚的可敬而善良的人们效劳，
为制造游艇的舵轮和制造战船的舵轮效劳，
为陆地上一切伟大的工程和海上一切伟大的工程效劳，
为中世纪和在中世纪以前的时代，
不仅仅像现在这样为当前的活人效劳，也同样为死者效劳。

8

我看见欧洲的刽子手，
他戴着面具站着，身穿红衣，有着粗壮的腿和结实赤裸的臂膊，
倚靠着一把沉重的斧头。

（欧洲的刽子手呀，你最近屠杀了谁？
你身上这样粘湿的是谁的血液？）
我看见烈士们的辉煌的落日，
我看见从断头台上走下的幽灵，
死了的贵族、未曾加冕的贵族妇女、被弹劾的大臣、被废黜的国王的幽灵，
敌对者、卖国贼、下毒者、受辱的头领和其余的人的幽灵。

我看见那些在任何地方为正义事业而牺牲的人，
种子不多，但收获绝不会用尽，
（请注意，外国的国王们啊，牧师们啊，收获绝不会不够用。）

我看见斧头上的血已完全洗掉，

斧口和斧柄都干干净净，
它们不再喷溅欧洲贵族的鲜血，它们不再狠砍皇后的头颈。

我看见刽子手引退，从此没有了用处，
我看见断头台荒废了并已经发霉，我看见上面已没有大斧，
我看见了那个权力的强大友好的象征，它属于我的种族，最新最大的种族。

9

（美利坚！我并不炫耀我对你的爱，
我有的是我所有的。）

斧头跳起来了！
壮实的树林说出了流动的言语，
它们跌撞着，它们站起，它们成形，
小屋，帐篷，登陆处，测量站，
连枷，犁，镐，铁橇，板锄，
木瓦，横木，支柱，壁板，侧柱，板条，镶板，山墙，
城堡，天花板，酒吧间，学院，风琴，陈列室，图书馆，
檐口，格子，壁柱，阳台，窗户，塔楼，走廊，
耙，木铲，叉子，铅笔，板车，竿，锯子，刨，槌，楔子，木把，
椅子，桶，箍，桌子，小门，风标，窗框，地板，
工具箱，柜子，弦乐器，船，镜框，等等，
各州的议会大厦，各州的国民会议大厦，
马路两旁长列的庄严建筑，孤儿院或贫民医院，
曼哈顿的在海上到处航行的快艇和汽船。

形状出现了！

总是使用斧头造出的形状，使用者的形体和一切与他们接近者的形状，

将树木砍倒的人和将它拖到佩诺布斯科特或肯纳贝克去的人们，

在加利福尼亚群山中或在小湖旁或在哥伦比亚河上的小屋里居住的人们，

在希拉或里奥格兰德南岸的居住者，友好的集会，各种的人物和玩笑，

沿着圣劳伦斯河或在加拿大北方或在黄石下游居住的人们，或者在海岸上或离海岸较远的地方居住的人们，

捕捉海豹者，捕鲸者，破冰前进的北极海员们。

形状出现了！

工厂、兵工厂、铸工厂、市场的形状，

铁路的两根铁轨的形状，

桥梁的枕木、巨大的框架、大梁、拱门的形状，

成队的小船、拖船、湖上和运河上的船只、河上的船只的形状，

东西两海沿岸和在许多海湾和偏僻地方的造船厂和船坞，

橡木龙骨，松木板，圆木，制造曲木的落叶松树根，

正在航行的船只，一层层的脚手架，里里外外忙碌着的工人，

放在周围的工具，大大小小的螺丝钻，手斧，插销，绳索，曲尺，圆凿和圆刨。

10

形状出现了！

被测量、锯开、抬起、接合和染色的形状，

为死者穿着尸衣躺进去的棺材的形状，

作为立柱、作为床架柱、作为新娘的床柱出现的形状，

小槽的形状，摇椅的形状，婴儿摇篮的形状，

地板的形状，舞蹈者脚下的地板的形状，

父母子女友爱和睦的家庭的地板的形状，

愉快的青年男人和女人家中的屋顶、恩爱的青年夫妇头上的屋顶的形状，

这屋顶下面贞洁的妻子高兴地做好了晚餐，让那满足的忙完了一天工作的贞洁的丈夫高兴地享用。

形状出现了！

法庭上犯人的位置的形状，以及他或他的坐着的配偶的形状，

年轻的酒徒和年老的酒徒所倚靠着的酒吧柜台的形状，

被偷偷溜过的脚步所践踏的、因受侮辱而愤怒的楼梯的形状，

那张奸邪的靠背睡椅的形状，以及那对通奸的肮脏男女，

那张有着骇人输赢的赌博台的形状，

为那已经定罪和判刑的杀人犯准备的四脚梯的形状，那杀人犯面容憔悴，戴着手铐，

警察局长和他的副手们就在近旁，还有沉默的嘴唇发白的人群和摇晃着的绞套的形状。

形状出现了！

供人们频繁出进的那些门的形状，

一个被绝交的朋友红着脸匆忙经过的那扇门，

能够传进好消息和坏消息的那扇门，

一个充分自信、自命不凡的儿子离开家庭时走出的那扇门，

他在长久而可耻的离别之后患病、潦倒、失去了清白又身无分文地再次走进来的那扇门的形状。

11

她的形状出现了！
她不如以前那样谨慎，可又比以前更加谨慎，
她在粗野和污秽中行动，但没有变成粗野而污秽的人，
她经过时就知道人们的思想，什么也不能将她瞒过，
她并不因此就变得不那么体贴和友好，
她是最受人喜爱的，这没有例外，她不害怕也没有理由害怕，
她经过时，什么咒骂、争吵、歪唱的歌曲、猥亵的表情对她都只是无聊，
她沉默，她镇静，这些都不使她着恼，
她像自然规律对待它们一样地对待它们，她是坚强的，
她也是自然规律——没有什么规律比她更坚强的了。

12

主要的形状出现了！
全部民主的形状，若干世纪的结果，
永远在设计别的形状的形状，
扰攘而雄伟的城市的形状，
全球的朋友们和好客者的形状，
紧抱着大地又为整个大地所拥抱的形状。

红杉树之歌

1

一支加利福尼亚的歌，
一个预言和暗示，一种像空气般捉摸不着的思想，
一支正在消隐和逝去的森林女神或树精的合唱曲，
一个不祥而巨大的从大地和天空飒飒而至的声浪，
稠密的红杉林中一株坚强而垂死的大树的音响。

别了，我的弟兄们，
别了啊，大地和天空！别了，你这相邻的溪水，
我这一生已经结束，我的大限已经降临。

沿着北方的海滨，
刚刚从岩石镶边的海岸和岩洞回来，
随着门多西诺区那咸涩的海风，
以海涛作为低音和嘶哑而沉重的伴奏，
连同以健臂挥舞着的斧头在砍伐的悦耳的咔嚓声，
我听到那棵非凡的大树唱着它的死亡之歌，
当它被斧子锋利的舌头深深地劈裂，在那稠密的红杉林中。

那些伐木者没有听见，营地的棚屋没有回声，
那些耳朵尖灵的卡车司机、测链员和螺旋起重机手们也没有听见，
当树精从他们的千年旧居来加入这一合唱，
只有我的灵魂听见了，那么明显。

从它那密密丛丛的叶簇里，
从它那矗出二百英尺的高耸的树冠，
从它那刚健的躯干和枝柯中，它那一英尺厚的树皮里面，
那支季节和时代的歌曲，不只是过去而且是未来的歌曲，正在那里沙沙地悲叹。

你，我的从未诉说过的生命，
还有你们，全部古老而天真的欢乐，
我那年复一年地坚持在春雨夏阳中，
坚持在狂风、白雪和黑夜中但仍带欢乐的顽强的生命；
那伟大、坚忍而艰苦的欢乐哟，我的灵魂从不为人类注意的强大的欢乐，
（因为要知道，我有着适合于自己的灵魂，我也有意识、人格，
而且所有的岩石、山冈都有，整个的地球都有，）
适合于我和我的弟兄们的生命的欢乐哟，
我们的死期，我们的大限已经到了。

我们并不悲伤地屈服，威武的弟兄们，
我们是曾经壮丽地充实过我们时代的生灵；
我们以大自然的宁静的内涵，以默默的巨大的喜悦，
欢迎我们终生为之服务的一切，
并且把地盘让给他们。

因为他们长期以来就被预报过，
作为一个更优秀的种族，他们也将壮丽地满足他们时代的希望，
我们为他们让位，在他们身上有我们自己，你们这些森林

之王！

这些天空和大气，这些山岳的高峰，沙斯塔山和内华达山脉，

这些高大而陡峭的悬崖，这旷野，这些山谷，远处的约塞米蒂瀑布，

都要为他们所消化和吸取。

然后，进入一个更高的音阶，

歌曲更加豪迈、更加迷人地升起，

好像那些继承者，那些西部的神灵，

都参加进来，带着大师的口气。

不因亚细亚的偶像崇拜而苍白，

也不因欧罗巴古代的屠场而血红，

（那是篡夺王位的谋杀之地，至今还到处残留着战争和绞架的腥味，）

而是来自大自然长期的无害的阵痛，由此和平地长成，

这些处女地，西部海岸的土地，

我们保证，我们奉献给你，

你这长期以来被许诺的新的帝国，

你这新的登峰造极的人类。

你，秘密而深奥的意志，

你，平凡而崇高的男子气概，一切的目的，只予不取的习惯，独立而不移，

你，神圣的女性，一切的主管和来源，生命与爱情以及生命与爱情的结果所由来之地，

你，美利坚的雄厚物资的看不见的道德精髓，（无论生前死后永远在起作用的东西，）

你，有时人家知道但更经常地不为人知的、实际上形成和铸造新世界并使之适合于时间与空间的你，

你，暗暗潜藏于深处的民族意志，隐蔽而永远警醒的你，

你们，被顽强地追求着但也许并没有自我意识到的过去与现今的目的，

不为一切暂时的错误和表面的混乱所动摇的你们；

你们，生气勃勃的、普遍的、不死的胚芽，一切教义、艺术、法令和文学的根柢，

在这里营建你们永久的家园，在这里创业，所有这些地区，西部海岸的土地，

我们都奉献给你们，誓不反悔。

因为你们的人，你们独特的族类，

在这里他可能强壮、美妙而魁梧地成长，在这里与大自然相称地耸立起来，

在这里伸入辽阔明净的太空，不为墙壁和屋顶所限制、阻碍，在这里与暴风雨或太阳一起大笑，在这里欢乐，在这里耐心地适应一切，

在这里照料他自己，显露他自己，（不理睬旁人的规矩，）在这里满足他的时代，

到时候就倒下，就供应，最后无人过问，

就消失，就服务于旁人。

就这样，在北部海滨，

在赶牲畜者的叫唤和叮叮当当的测链的回响中，在伐木者的悦耳的斧声中，

在树干和树枝倒下时的轰响、闷声的尖叫和呻吟中，

在那种从红杉树连缀而来的词语，像出自某些狂喜的、古老的、沙沙作响的声音中，

那些歌唱着、退隐着、延续了上百年的看不见的森林女神，

离开她们在群山和丛林中的所有的幽境，

从喀斯喀特山脉到瓦萨奇，或者遥远的爱达荷，或犹他，

从此向现代诸神让位了，

那些合唱和暗示，未来人类的远景，那些居留地，以及所有的特征，

我都听见和看到了，在门多西诺林地中。

2

加利福尼亚的光辉灿烂的庆典，

突然上演的壮丽的戏剧，阳光照耀的广阔地面，

从普吉特海峡到科罗拉多南部的漫长而多彩的地带，

沐浴在更甜美、更稀奇、更健康的空气中的土地、山谷和巉岩，

长期准备着的天然田野和休耕地，无声的循环演变，

缓慢而安稳地跋涉着的年代，成熟着的空荡荡的地表，在底下形成的丰饶的矿产；

新时代终于到来，在当权，在占据，

一个蜂拥而至的忙碌的种族在到处安居，进行组织，

船舶从全世界各地驶来，向全世界开去，

向印度、中国、澳大利亚和太平洋上成千个安乐的岛屿驶去，

人口稠密的都市，最新的发现，河流上的轮船，铁道，还有许

多繁荣的农场，连同机器，
　　还有羊毛、小麦和葡萄，正在采掘的黄澄澄的金子。

3

　　但是，西部海岸的陆地哟，你们有比这些还要多的东西，
　　（这些仅仅是工具、器械和落脚地，）
　　我在你们身上看到了，肯定会到来的，那个千万年来一直推延到了今天的诺言，
　　那个保证要实现的诺言，即我们共同的种族人类。

　　终于有了新的社会，与大自然相称的社会，
　　它在你们的男人身上，多于在你们的山峰和威武雄壮的树木里，
　　在你们的妇女身上，远远多于你们所有的黄金和葡萄藤，甚至多于生命所必需的空气。

　　我看见现实与理想的孩子，现代的天才，
　　他刚刚来到，来到一个真正新的可是长期准备的时代，
　　他在开辟道路，为广大的人类、真正的美利坚伟大历史的继承者，
　　去建立一个更加宏伟的未来。

各行各业之歌

1

　　为各行各业唱支歌呀！

在机械和手工劳动中，在农田作业中，我找到了发展，

并且找到了永恒的意义。

男工和女工哟！

即使一切实用的和装饰性的教育都从我身上很好地展示出来了，那又算得了什么？

即使我像一个主讲教师、慈善的业主、聪明的政治家，那又算得了什么？

即使我对你像个老板，雇用你并给你工资，那会使你满足吗？

那些学问渊博者，品格高尚者，仁慈者，都是些常用之词，

而像我这样一个人，却从来不是通常的。

我既不是仆人，也不是主人，

我不一定只要高价，也可以要低价；无论谁欣赏我，我愿接受自己的价格，

我愿与你平等相处，你也得平等待我。

如果你站在一个车间里劳动，我也站在同一个车间最靠近的地方，

如果你给你的兄弟或最亲爱的朋友送礼，我要求与你的兄弟或最亲爱的朋友一样，

如果你的情人、丈夫、妻子白天或晚上是受欢迎的，我一定同样受欢迎，

如果你堕落了，犯罪了，病了，我为了你也会那样，

如果你还记得你那些愚蠢而非法的行为，难道你以为我就不记得我自己的愚蠢而非法的行径？

如果你在进餐时痛饮，我就坐在你餐桌的对面痛饮，

如果你在街上遇到一个生人并且爱上了他或者她，可不，我也时常在街上遇到生人并爱上他们。

呃，你对你自己是怎么想的？

你是不是把自己看得有点寒碜？

你是不是把总统看得比你大些？

或者把富人看得比你强？或者有文化的人比你聪明？

（因为你浑身油污或长了脓包，或者酗过酒，或偷过东西，

或者你害了病，或得了风湿症，或是个妓女，

或者由于轻薄、无能，或者只因为你不是学者，你的名字从没在书报上见过，

所以你就认输，承认自己总不如别人能永垂不朽？）

2

男人和女人的灵魂啊！我所说的看不见、听不到、摸不着和没有触感的，并不是你们，

我不是要去辩论赞成或反对你们，并断定你们是不是活着，

我公开承认你们是谁，即使别人都不承认。

成人、半成人和孩子，这个国家的和每个国家的，在家的和在外的，这个与那个，我看都一样，彼此相等，

还有他们后面的或通过他们而来的人。

妻子，她丝毫不亚于丈夫，

女儿，她完全像儿子一样能行，

母亲，她哪方面都与父亲相等。

无知者和贫苦者的后裔，学手艺的孩子们，
在农场劳动的小伙子们和在农场劳动的老头子们，
水手们，商人们，沿海航行者和侨民们，
所有这些人我都看得见，但是更近和更远的我也同样看得见，
谁也别想逃避我，谁也逃不过我的眼睛，
我带来了你们最需要也经常有的东西，
不是金钱、情爱、衣服、饮食、学问，不过是同样好的东西，
我不派出代理人或中介人，不提供价值代用品，而是提供价值本身。

有个东西是现在和以后永远会在你们面前出现的，
它不见于书报、祈祷和讨论中，它回避讨论和印刷，
它不会被写进书本，它不在这本书中，
它是为了你们任何人的，它距离你们并不远于你们的视听，
它为最近、最普通、最现成的事物所暗示，它始终受它们的挑引。

你们可以阅读许多种文字，但读不到关于它的东西，
你们可以读总统咨文，但从中看不到有关它的事情，
在国务院或财政部的报告中，或者在日报或周刊上，
或者在人口普查和税收报告里，行情表或任何存货账本里，都毫无踪影。

3

在高空中浮游的太阳和星辰，

苹果形的地球和上面的我们，它们的趋向确实有不平凡之处，

但是我不明白它是什么，只知道它是壮丽的，它是幸运，

只知道我们在这里的全部宗旨不是一种投机、戏谑或侦查，

以及那不是一桩运气好时对我们有利，而不走运时可以使我们失败的事情，

也不是什么由于某种偶然还可以撤回的行径。

光明与阴影，身体的奇异感觉与人格，极为得意地吞噬一切的贪心，

人的无穷的骄傲和扩展，难以言喻的欢乐和苦闷，

一个人在另一个人身上看到的奇迹，以及那些无时无刻不在发生的奇迹，

你想它们是为了什么呢，伙计？

你想它们是为了你的生意或农业劳动，或者是你的商店的赢利？

或者是给你自己造就一个地位，或者给一位绅士或一位太太打发日子？

你认为风景之所以具有实质和形态，是为了要让人画入画里？

或者男人和女人之所以也这样，是为了让别人去写他们，而歌曲是为了让人歌唱？

或者地心引力，各种伟大的法则与和谐的结合，以及空气的流动，都是为了充当学者们的课题？

或者褐色的土地和深蓝的海洋是为了进入地图和海图？

或者星星是为了排入星座并获得奇怪的名字？

或者说种子的萌发只不过为了农业法典或农业本身而已？

旧的制度，这些艺术、图书馆、传说、收藏品，以及在制造业中传下来的技艺，难道我们愿意给它们以这么高的估计？

我们愿意高度评价我们的资产和营业吗？我并不反对，

我对它们的估价高到最高的程度——然后我把一个由女人和男人生的孩子摆到超过一切估价的地位。

我们觉得我们的联邦伟大，我们的宪法伟大，
我不是说它们不伟大、不好，因为它们就是那样嘛，
今天我正如你们那样十分爱它们，
于是我才爱你们，并爱地球上我所有的同伙。

我们认为《圣经》和宗教是神圣的——我不说它们并不神圣，
我说它们全是从你们生长出来的，并且还可能再从你们生长，
赋予生命的不是它们，赋予生命的是你们，

它们是从你们长出来的，犹如叶子从树上生发，或者树木从土里长出一样。

4

我把全部有过的尊敬都加于你无论谁的一身，
总统是为了你而待在白宫，而不是你为了他待在这里，

部长们是为了你而在他们的机关工作，而不是你为了他们生存在这里，

国会为你们每年开一次大会，

法律、法院，每个州的形成，各个城市的宪章，贸易和邮电的来往，都是为了你。

倾耳细听吧，亲爱的学者们，

教义、政治和文明来自你们，

雕塑和纪念碑，以及任何地方镌刻着的任何东西，都记录在你们身上，

历史的要点和统计，只要有过记载的，如今都在你们身上，神话和故事也是这样，

假如你们不是在这里呼吸、行走，那么它们都会在哪里呢？

那么最著名的诗篇也会成为灰烬，讲演和戏剧也全是一片虚妄。

一切建筑只不过是你们注视它时所赋予它的东西，

（你们想过它是寓于白色和灰色的石头中吗？或者是在那些拱门和檐口的线条里？）

一切音乐都是在你们为乐器所提醒时从你们心中觉悟的东西，

那不是小提琴和短号，不是双簧管或鼓声，也不是唱他那美妙的浪漫曲的男中音歌手的乐谱，也不是男声合唱或女声合唱的乐谱，

那是在比它们更近和更远之处。

5

那么，一切都会回来吗？

每个人都能对镜一瞥就看到那些最好的迹象吗？没有更伟大或更丰富的了？

是不是这一切都同你、同那看不见的灵魂坐在一起呢？

我所提出的这个怪论确实艰奥而新奇，

世俗之物和看不见的灵魂竟是一体。

盖房、丈量、锯木板，

干铁活、吹制玻璃、制铁钉、修桶、铺铁皮屋顶、覆盖瓦片，

装配船只、建筑船坞、加工鱼类、用铺路机铺石板人行道，

抽水机、打桩机、摇臂吊杆、煤窑、砖窑，

煤矿和所有下面的矿藏，黑暗中的灯、回声、歌曲，透过煤污的脸孔流露的那些沉思和伟大的朴素思想，

钢铁厂，从山中和江边铁匠铺的炉火，在周围用大撬棍试测熔解量的工人，矿石块、石灰石、煤，矿石的适当组合，

鼓风炉、搅炼炉，最后在熔液底下结成的环形硬块，滚轧机、粗短的生铁条、坚强的棱角铮铮的T形铁轨，

炼油厂、蚕丝厂、白铅厂、糖厂、汽锯、宏大的磨坊和工厂，

劈凿石头，錾成整齐的门面，或者窗户，或者门楣，木槌、齿凿、保护拇指的指套，

接合钢板用的铁凿，煮拱顶胶液的铁锅，以及锅底下的火，

棉花包，搬运工的铁钩，锯匠的锯子和锯架，铸工的模型，屠夫的刀子，冰锯，以及全部的冰上操作，

船上的索具装配工、抓钩工、制帆工和滑轮制造者的工作和工具，

古塔胶的用品，纸型、颜料、刷子，印刷业和玻璃工人的工具，

胶合板和胶锅，糖果店的装饰品，细颈瓶和玻璃杯，剪子和熨斗，

钻子和膝带，液体计量器，柜台和凳子，用羽毛管或金属制的笔，各种刃具的制造，

酿酒厂、酿造工艺、麦芽、大桶，酿造工、制酒工、制醋工所做的种种，

皮革修整、马车制造、锅炉制作、搓绳子、蒸馏、油漆招牌、

烧石灰、摘棉花、电镀、制电板、浇铸铅版，

凿孔机、刨平机、收割机、耕地机、打谷机，蒸汽客车，

货车驾驶人的运货车、公共马车、沉重的大车，

焰火制造术，晚上燃放的彩色焰火，幻想的形象和喷射，

屠夫肉摊上的牛肉，屠夫的屠宰场，穿着宰衣的屠夫，

屠场的猪栏，宰猪用的铁锤、挂钩、烫水桶，剖取内脏和解卸用的劈刀，包装工的大槌，以及冬季包装猪肉的大量苦活，

面粉厂，碾磨麦子、黑麦、玉米、大米，桶，容量或大或小的木桶，满载的船只、码头和堤岸上高高的堆垛，

码头上、铁路上、沿海航船上、渔船上、运河上的工人及其工作；

你自己或任何人生活中每时每刻的日常工作，店铺、庭院、货栈或者工厂，

这些就是你身旁白天黑夜的情况——工人啊，无论你是谁，这就是你的日常生活！

就在这一切中有着最大和最重的分量——就在这一切中有比你所估计的要多得多的东西，（同时也少得多，）

在它们里面有供给你我的实物，在它们中有给你我的诗篇，

在它们中，可不是在你自己——你和你的灵魂中，包含着一切，不管评价如何，

在它们身上是好的发展——在它们身上有全部的主题、暗示和可能的遇合。

我不断言你所瞻望到的那些是无用的，我不建议你到此止步，

我不是说那些你认为伟大的先导并不伟大，

但是我说，谁也不能引向比这些所引向的更伟大之处。

6

你要到远处去寻觅吗？你最后一定会回来的，

在你所最熟悉的东西中找到最好的，或者像最好者一样好，

在你最亲近的人中找到最中意的、最强健的和最爱你的，

幸福、知识，不在别处而在这里，不是为别的时候而是为了此刻，

你最先看见和接触的男人常常是在朋友、兄弟或最亲近的邻居中间——女人则是在母亲、姐妹、妻子中间，

大众的趣味和职业总是在诗中或任何别处居于首位，

你们，这些州的男工们和女工们，你们有着自己的神圣而坚强的生命，

而所有别的人都让位于像你们这样的男人和女人。

当赞美诗代替歌手歌唱时，

当经文代替传教士宣讲时，

当讲坛走下来代替那个雕刻讲坛的雕刻者行动时，

当我能够在白天或黑夜接触书本的躯体，并且它们反过来再接触我的肉体时，

当一种大学课程像一个睡觉的女人和孩子那样使人相信时，

当地窖里的金币像守夜人的女儿那样微笑时，

当那些被保证人的证书坐在对面椅子里逍遥，并成为我的友好伙伴时，

我打算向它们伸手，像我对你们这样的男人和女人似的，并且十分看重它们的价值。

转动着的大地之歌

1

一支转动着的大地和相应的言语之歌，
你认为那些就是言语吗，那些直线，那些曲线、棱角和黑点？
不，那些不是言语，实质性的言语是在地里和海洋里，
它们是在空中，它们是在你身上。

你认为那些就是言语吗，那些出自你的朋友们之口的美妙的声音？
不，真正的言语比它们更加优美动听。

人类的肉体就是言语，数不清的言语，（在最好的诗中男人或女人的肉体重新出现，形态完美，自然，欢快，
每个部分都起作用，活跃，反应灵敏，毫不羞愧也用不着感到羞愧。）

空气，土壤，水，火——这些都是言语，
我自己和它们一样，就是一个词——我的特性与它们的相互渗透——我的名字对它们毫无意义，
尽管它在几千种语言中都使用，但是空气、土壤、水、火对我的名字会知道什么呢？

一种健康的仪表，一个友好或命令式的姿势，就是言语，述说，意义，
某些男人或女人的容貌所具有的魅力，也就是述说和意义。

灵魂的工艺也得凭借那些大地的无声的言语，
大师们熟知大地的言语，并且使用它们多于使用有声的言语。

“改善”便是大地的言语之一，
大地既不滞留也不急赶，
它一开始便在自身中潜藏着全部的属性、生长机能和效验。
它不仅只是部分地美丽的，而且缺点和赘疣也与优点一样地同时呈现。

大地并不吝惜，它是够慷慨的，
大地的真理永远在等待，它们也并不藏匿，
它们镇静，微妙，不能印刷成文字，
它们渗透在愿意传达自己的一切事物中，
传达一种感情和邀请，我再三言明，
我不说话，可是如果你们听不见我，我对你们还有什么意义？
要忍受，要改善，否则我对你们还有什么意义？

（赶快生产！赶快生产出来呀！
你要把你自己的果实留在身上腐烂吗？
你愿意蹲在那里让自己窒息吗？）

大地并不争辩，
并不感伤，也没有什么安排，
它不尖叫，匆忙，说服，威胁，许诺，
不区别对待，没有什么可以想象的失败，
不捂住什么，不拒绝什么，不排斥什么，

它揭示一切力量、事物、情况，什么也不遗漏。

大地不展示自己也不拒绝展示自己，但在外表下面仍占有许多东西，

在外表的声音下面是英雄们的庄严合唱，是奴隶们的哭泣，

是情人的说服，垂死者的诅咒和喘息，青年人的笑声，买卖人说话的口气，

在这些下面有着从不失效的言语。

一个雄辩而无声的伟大母亲的言语对于她的儿女是从不失效的，

真实的言语从不失效，因为运动不会失效，反映不会失效，

白天黑夜也不会失效，我们所踏上的航程不会失效。

那些数不完的姐妹们，

那些姐妹们的无休止的舞蹈，

那些向心和离心的姐妹们，那些大些和小些的姐妹们，

她们中我们认识的那个美丽的姐姐与其余的在继续跳。

她以丰腴的背部对着每个观看的人，

以青春的魅力和老年同等的魅力使人喜欢，

她坐在那里，安详地坐着，我也像其他的人那样爱着她，

她手里端着一面像镜子那样的东西，她的眼光从镜子里映现，

她坐着，不时地投以一瞥，既不邀请谁也不拒绝谁，

日夜不倦地将一面镜子端在她自己面前。

在近处看或在远处看，

每天的二十四小时都准时出现，

准时地来临和过去，同它们的伴侣们或一个伴侣，
它们不从自己的脸向前观看，而是从同它们一起的别人的脸，
从孩子们或妇女们或男子汉的脸，
从动物的空旷的脸，或从无生命的东西，
从风景或江河，或者从天空中的美妙的幻变，
从我们的脸，我的和你的忠实地反映着它们的脸，
每天公开出现，从不贻误，但从没有两次与同样的伙伴。

拥抱着人类，拥抱着一切，一年三百六十五天不可阻挡地环绕着太阳运行，

拥抱着一切，抚慰着，支持着，三百六十五天紧跟着像第一天那样出发，它们是那样必需而肯定。

稳定地滚着前进，什么也不畏惧，
阳光，风暴，寒冷，酷热，永远抵抗着，经历着，运载着，
仍然继承着灵魂的实现和决心，
仍然进入并划分着周围和前头那流动的真空，
没有阻挡的障碍，没有下碇的锚，没有与岩石磕碰，
迅速，高兴，满足，也没丧失什么，无所亏损，
随时都能够而且准备好做出精确的报告，
那神圣的船只在神圣的海上航行。

2

无论你是谁！这运动和反映是特别为了你，
神圣的船只是为了你在神圣的海上航行。

无论你是谁！是男是女，大地是为你而成为固体或液体，
无论你是他或她，太阳和月亮都为之高悬在天空，
现今和过去主要是为了你而非别人，
不朽也主要是为了你而非别人。

每个男人对于他自己和每个女人对于她自己都是过去和现在的一个词，是不朽这个真正的词；
没有谁能代替别人获得什么——没有，
没有人是能代替别人成长的——谁也不是。

歌是对歌唱家而言的，大部分还要回到他身上，
教学是对教师而言的，大部分还要回到他身上，
谋杀是对谋杀者而言的，大部分还要回到他身上，
偷盗是对盗贼而言的，大部分还要回到他身上，
爱情是对爱人而言的，大部分还要回到他身上，
礼物是对赠送者而言的，大部分还要回到他身上——永远也不会落空，
演讲是对演说家而言的，表演是对男女演员而言的，而不是对观众，
谁也不了解什么伟大或善良，除非那是他自己的，或者是他自己的迹象。

3

我敢说，对于一个将是完人的男人或女人，大地也一定是完全的，
只有对于一个始终残缺不全的男人或女人，大地才是残缺不全的。

我敢说，没有哪种伟大或力量是不能与大地的伟大或力量竞赛的，

也不可能有什么重要的理论，除非它能确证大地的理论，

没有什么政治、诗歌、宗教、行为或其他等等是重要的，除非它能与大地的辽阔比美，

除非它能面对大地的精确、活力、公平和正直而无愧。

我敢说，我开始看到爱情时的激情比对爱情做出的反应更甜蜜，

它是自我克制的，决不邀请也决不拒绝。

我敢说，我开始看到在有声的语言中很少有什么，或什么也没有，

一切都融合到大地所没有说出的意义的表现中，

融合到那个歌唱肉体和大地真理的人中，

融合到那个在编撰根本不能印刷的词典的人中。

我敢说我看到了那个比说得最好的还要好的东西，

那就是最好的东西常常没有说出来，如此而已。

当我打算把最好的东西说出来时，我发现我不能够，

我的舌头转动不灵了，

我的呼吸器官不听使唤，

我变成一个哑巴了。

大地的最妙处怎么也说不出来，一切都是最妙的，

它不是你预先设想的那样，而是更低廉，更容易，更贴近，

事物不是从它们原先所在的地方遣散的，

大地正像它以前那样肯定而明白，

事实，宗教，进步，政治，商业，仍像先前那样存在，
但是灵魂也存在，它也是肯定而明白的，
不是什么推理和证据确立了它，
而是无可否认的成长把它确立了。

4

这些要反映灵魂的音调和灵魂的言语，
（假如它们不反映灵魂的言语，那它们是什么呢？
假如它们与你没有特殊的关系，那它们是什么呢？）
我发誓从今以后再没有能说出最好东西的信念了，
我只相信应当把最好的东西留着不说。

说下去吧，说话的人们！唱下去吧，歌唱家们！
钻研吧！塑造吧！把大地的言语堆积起来吧！
一个年代一个年代地工作下去，什么也不会徒劳，
也许要长久地等待，但肯定总归要用上的，
当物质全都准备好，建筑师便出现了。

我敢向你保证，建筑师一定会出现，
我敢向你保证，他们会理解你并为你辩解，
他们中那个最伟大的将是最了解你的，并且包含一切也忠于一切，
他和其余的人将不会忘记你，他们将发觉你一点也不比他们逊色，
你将在他们中受到充分的祝贺。

青年、白天、老年和夜

青年，强壮、刚健而钟情——青年，富于仪表、力量和魅力，
你知不知道老年会以同样的仪表、力量和魅力在后面跟着你?

白天丰茂而壮观——白天有着无比硕大的太阳、行动、欢笑和宏愿，
黑夜紧跟着，带着千万个太阳和睡眠，以及让你恢复精力的幽暗。

候鸟集

常性之歌

1

缪斯说，来吧，
给我唱一支诗人还没有唱过的歌，
给我唱一唱常性。

在我们这广阔的大地，
在无限的粗陋和熔渣当中，
安全地包含在它正中的心里，
蜷卧着完美的种子。

每个生命都享有或多或少的一份，
只要有什么诞生它也诞生，这种子无论隐藏与否都在坐等。

2

瞧！眼睛锐利、巍然耸峙的科学，
仿佛从高峰俯视着现代，
不断发出专横的命令。

可是再看呀！灵魂在一切科学之上，
为了它，历史像外壳般凝聚在地球周围，
为了它，无数的星群全部在天空中到处转动。

在远远绕着的盘旋上升的路上，
（像海上一只频频改变航道的船，）

为了它，那部分的向永恒奔流，
为了它，那现实的向理想发展。
为了它，才有神秘的进化，
不仅公正的东西得以肯定，那些我们称之为邪恶的也受到承认。

从它们的种种假面具，无论哪一种，
从那庞大的溃烂的躯干，从奸诈狡猾的眼泪中，
健康会出现，还有欢欣，普遍常存的欢欣。

从大部分中，从病态的、浅薄的东西中，
从恶劣的大多数，从人们和国家的各种数不清的欺骗行为中，
像带电而有防腐作用的、黏附着而充塞一切的，
唯独善才具有常性。

3

在疾病和忧伤堆积的崇山峻岭上，
在高高的比较纯净、比较幸福的空气里，
一只自由的飞鸟永远在那里翱翔，翱翔。

从缺陷的最浓密的乌云里，
经常放射出一线完美的光辉，
天堂的光荣在那里闪熠。

对于时尚和习俗上的互不协调，
对于疯狂的喧嚣和震耳欲聋的欢闹，

在每次暂时的宁静中可以听到一曲抚慰的音乐，
来自某个遥远岸边的最后合唱的演奏。

啊，幸福的眼睛，快乐的心，
它们看得见，它们认识，沿着那巨大迷宫，
有一根指引的线索，那么分明。

4

而你，美利坚，
为了计划的完成，为了它的思想和现实，
为了这些（而不是为你自己），你已经来临。

你也环绕着一切，
拥抱、扶持、欢迎着一切，你也由新的宽广的途径，
朝着理想在前进。

别的国家的适当信仰，过去的光辉，
都不合乎你的需要，只有你自己的光辉，
对神的信仰和宽宏大量，吸收着、包含着一切，
却对一切都非常适宜。

一切，一切都为了不朽，
爱像光一样静静地包被万方，
大自然的改善是对一切的福音，
各个时代的花朵果实，神圣而可靠的果园，
形体，物体，生长物，人类的天性，都在成熟为精神的形象。

上帝啊，请给我能力来歌唱那个理想，
赠给我，赠给我所爱的他或她这种不灭的信仰，
在你的整体中，别的你可以不给，但要给予我们，
对于你包藏在时间和空间中的计划的信心，
健康，和平，拯救众生。
这是梦吗？
不，没有它才是梦，
没有它，人世间的学问和财富便是一个梦，
整个的世界便是一个梦。

开拓者！啊，开拓者！

来呀，我的那些晒黑了脸的孩子们，
排好队，把你们的武器准备好，
带上你们的手枪了吗？带上你们的利斧了吗？
开拓者！啊，开拓者！

因为我们不能在这里耽搁，
我们必须前进，我的亲人们，我们必须冒险而行，
我们是年轻而强健的种族，别的人全靠我们，
开拓者！啊，开拓者！

啊，你们年轻人，西部的年轻人，
这样急躁，这样好动，富于男人的骄傲和友爱，
我清楚地看见你们，西部青年，看见你们在最前面迈步而行，

开拓者！啊，开拓者！

那些长一辈的人都停止前进了吗？
他们沮丧了，结束了他们的课业，在大海那边倦怠了吗？
让我们承担起这永久性的任务、这负荷和这课业吧，
开拓者！啊，开拓者！

我们把过去的一切抛在身后，
我们进入一个更新、更强大的世界，多样的世界，
我们活泼而坚强地抓住这个世界，劳动和进军的世界，
开拓者！啊，开拓者！

我们坚定地派出分队，
走下悬崖，穿过小道，攀登峻岭，
在陌生的路上征服着、占领着，大着胆子，冒险前行，
开拓者！啊，开拓者！

我们砍伐着原始森林，
我们堵住河流，我们使劲深入地钻探地底的矿藏，
我们测量广阔的地面，掀翻处女地的土壤，
开拓者！啊，开拓者！

我们是科罗拉多人，
我们来自巍峨的顶峰，来自巨大的层峦起伏的山地和高原，
来自矿山、沟壑，来自猎人走过的羊肠小径，
开拓者！啊，开拓者！

来自内布拉斯加，来自阿肯色，

我们是中部内地的种族，来自密苏里，体内有大陆的血液在交流，

我们紧握着所有同伴们、所有南部人和北部人的手，

开拓者！啊，开拓者！

啊，不可抵抗的、不知休息的种族！

啊，处处招人喜爱的种族，啊，我的胸部因对一切人的爱而疼痛！

啊，我悲伤而又狂喜，我爱一切人到了发疯的地步，

开拓者！啊，开拓者！

举起那强大的作为母亲的主妇，

高扬那位优雅的主妇，让她在一切星光灿烂的主妇之上，（你们都低头致敬吧，）

举起那武装了的战斗的主妇，那威严、镇静、携带着兵器的主妇，

开拓者！啊，开拓者！

看吧，我的孩子们，坚毅的孩子们，

对那些在我们后面蜂拥而来的人决不能退让或踌躇，

多少年代以前的成百万人皱着眉头在我们背后督促，

开拓者！啊，开拓者！

组织严密的队伍不停地前进，

新的成员立等着参加，死者留下的空缺迅速填补，

经过战斗，经过失败，还是继续向前，永不止步，

　　开拓者！啊，开拓者！

　　啊，在前进中死去！
我们中间有些人要衰老死亡吗？时候到了吗？
那么，在前进中死去才最为适当，空缺也很快就补上，
　　开拓者！啊，开拓者！

　　世界上所有的脉搏，
集合起来为我们跳动，与西部的运动一齐跳动，
无论单独还是一起，坚定地向前，一切都为了我们，
　　开拓者！啊，开拓者！

　　生活是一些错杂多样的盛大游行，
包括一切的形状和表现，一切工作着的工人，
一切航海者或陆地上的居民，一切拥有奴隶的主人，
　　开拓者！啊，开拓者！

　　一切不幸和沉默的情人，
一切监狱中的囚犯，一切正直的和奸邪的人们，
一切愉快的，一切忧伤的，一切活着的，一切垂死的人们，
　　开拓者！啊，开拓者！

　　我也在其中，连同我的灵魂和肉体，
我们，一个奇异的三结合，挑拣着，一路漫游，
穿过这些阴影中的海岸，让背后的幻影紧逼着，
　　开拓者！啊，开拓者！

瞧，那旋转着飞速前进的星球，
瞧，周围的星星兄弟们，所有成群的恒星和行星，
所有光辉耀目的白日，所有神秘的多梦的黑夜，
开拓者！啊，开拓者！

这些是我们的，它们和我们在一起，
一切都为了首要和必需的工作，而追随者以胚胎状态在后面等着，
我们是今天打头的队伍，我们开辟旅行的道路，
开拓者！啊，开拓者！

啊，你们，西部的女儿们，
啊，你们年轻和年长的女儿们！你们母亲和妻子们！
你们切不可分裂，你们在我们的队伍里联合行动，
开拓者！啊，开拓者！

潜伏在草原中的歌手们！
（其他地方的裹着尸衣的诗人们，你们可以休息，你们尽到了自己的责任，）
我很快听见你们歌唱着来了，你们很快出现并在我们中迈步前进，
开拓者！啊，开拓者！

不是为了甜蜜的欢乐，
不是为了靠垫和便鞋，不是为了安静遐想的生活，
不是为了安全而令人生厌的财富，不是为了平淡的享受，
开拓者！啊，开拓者！

饕餮者在大吃大喝吗？
肥胖的贪睡者在睡觉吗？他们把门关起来，锁起来了吗？
让我们还是粗茶淡饭，把毯子铺在地上吧，
开拓者！啊，开拓者！
黑夜降临了没有？
近来的路已那么难走？我们气馁了，站在路上打瞌睡了？
我还可以让你们在半路再停些时候，把一切忘却，
开拓者！啊，开拓者！

直到喇叭吹响了，
黎明在很远很远的地方召唤——听呀！我听见它吹得高昂而清亮，
快！走到队伍的前头！——快！站到你的位置上，
开拓者！啊，开拓者！

法兰西

——合众国的第十八年

伟大的一年和地点，
一声刺耳的、不协调的新生者的尖叫发出了，它比什么都更加
深切地触动了母亲的哀怜。

我漫步在我这东海之滨，
听到了大洋那边传来的微弱的声音，

看见那神圣的婴儿在那里醒来后悲哀地哭叫，周围是炮声，咒骂、叫喊和房屋倒塌声，

我并不因为沟洫里奔流的鲜血或那些单个的或成堆的或被垃圾车拉走的尸体而伤心，

我对于那种因乱杀而造成的死亡并不感到绝望——对于排炮的连续发射也并不大为震惊。

脸色苍白，沉默而严肃，我对于这种长期积累的恶果报应能说什么呢？

我能期望人类不是这个样子吗？

我能期望人民是用木石做成的吗？

或者期望正义已最后注定得不到伸张吗？

啊，自由！啊，我的亲密的伴侣！

这里也有火光，有储存着的葡萄弹和斧头，需要时可以取出，

这里也永远不能摧毁，即使遭受长期的荼毒，

这里也会最后站起来，不惜杀人，精神虎虎，

这里也要求如数偿还久欠的债务。

为此我送出这份飞越大洋的敬意，

我也并不否定那恐怖血红的诞生和洗礼，

而要记住我听到的那个微弱的哭声，并且等待着，无论需要多久，以充分的信念，

并且从今天起我要以悲痛而坚定的心情为世界各国保持这桩代代继承的事业，

同时我满怀热爱地把这些话送往巴黎，

我猜想那里的一些史诗歌唱者会理解这一点，
因为我想法兰西仍然蕴藏着音乐，如潮水般泛滥，
啊，我已经听到乐器的喧腾，它们将很快彻底淹没那些企图干扰它们的东西，
啊，我想东风已带来一支胜利的自由进行曲，
它来到了这里，它把我鼓舞得狂热而欢欣，
我要跑去将它改编成文字，阐明它的意义，
我还要唱一支歌，我的女人，为了你。

海流集

从那永远摇荡着的摇篮里

从那永远摇荡着的摇篮里，
从模仿鸟那婉转如簧的歌喉，
从九月的午夜，
在荒瘠的沙洲和远处的田野上，那儿有个从床上爬起的孩子光着头赤着脚在独自漫游，
在阵雨般洒落的月华下面，
在黑影像活物般相互缠绕的神秘游戏的上方，
从一片片长满荆棘和乌莓的土地，
从那只向我歌唱的鸟儿的记忆之乡，
从你的回忆里呀，忧伤的兄弟，从我听到的那忽高忽低的阵阵歌声中，
从那迟迟升起、好像饱含泪水的黄澄澄的半轮明月下，
从那里在迷雾中唱出的渴慕与爱恋的最初几个音符中，
从我心脏的永不停息的千百次反应中，
从那由此而引起的无数的言语中，
从那个比任何言语都更加强烈更加甜美的单词中，
从那个如它们现在开始重访的那样的场景，
像一群啁啾着、升腾着或在上空经过的飞鸟，
在一切逃避我之前匆忙地将一个男人负载着，
将一个从这些眼泪看又成了小孩的男人负载到这里，
我，把自己抛在沙洲上，面对海涛，
我这痛苦与欢乐的歌手，现今与今后的连接者，
领会着一切的暗示并利用它们，但又立即把它们超过了，
我唱一支回忆的歌。

从前，在巴曼诺克，
当紫丁香的芬芳在空中缭绕、五月的草在生长的时候，
在这海岸上某处的荆棘丛里，
有两位来自亚拉巴马的羽衣客人，双宿双飞，
还有小巢和四枚浅绿色带棕色斑点的小蛋，
每天雄鸟在近处来回飞翔，
每天雌鸟伏在她的窝里，悄悄地，眨着晶亮的双眼，
每天我——一个好奇的男孩，从不过于接近，从不打扰它们，
小心地窥伺着，吸收着，解释着这些情景。

照耀吧！照耀吧！照耀吧！
把你的温暖泼下，伟大的太阳！
让我们一起暴晒，我们俩。

我们俩在一起呀！
风吹向南方，风吹向北方，
白天白了，黑夜黑了，
故乡，从故乡来的河流与山冈，
一直在歌唱，忘记了时光，
而我们总是在一起，我们俩。

直到突然之间，
她大概被杀害了，但她的伴侣不知道，
有天上午那雌鸟没伏在窝里，
下午也没有回来，第二天仍没有，
并且永远不再出现了。

以后的整个夏天，在海涛声中，
晚上天气平静时在皎洁的月光下，
在海面波翻浪涌，
或者白天，从一个荆棘丛飞向另一个荆棘丛，
我不时看到和听到那剩下的一只，那只雄鸟，
那个来自亚拉巴马的孤独的客人。

吹吧！吹吧！吹吧！
海风啊，沿着巴曼诺克河岸；
我等着，等着，直到你把我的伴侣吹回到我身边！

是的，当星星闪闪发亮的时候，
整个夜晚，在那长满苔藓的木桩上头，
几乎就在砰砰拍击的浪涛中，
停栖着那个孤独而奇妙的催人泪下的歌手。

他呼叫他的伴侣，
他倾诉着只有我才能了解的心绪。

是的，我的兄弟，我了解，
别的人可能不会，而我一直珍藏着每个音响，
因为我不止一次在昏暗中溜到海岸上，
悄悄地避开月光，让我自己与黑影融合在一起，
这时回想那些模糊的形体，那回声，那各种的声音和景象，
巨浪永不疲倦地甩出雪白的臂膀，
我，一个孩子，光着双脚，头发在海风里漂游，

在这里谛听，很久很久。
我听了是要记住，要歌唱，现在就把曲调翻译在这里，
按照你的意思，我的兄弟。

抚爱着，抚爱着，抚爱着！
紧跟着的后浪抚爱着前浪，
后面又一个浪头出现了，拥抱着，拍打着，一个紧跟着一个，
但是我的爱人不来抚爱我，不抚爱我了。

月亮低低地悬着，它起得晚了，
它姗姗地慢走——哦，我想它是背着爱的重荷，爱的重荷。

哦，海浪疯狂地向陆地冲来，
满怀着爱，满怀着爱。

啊，黑夜，莫非我看见了我的爱人在海涛中翻飞？
我看见的白浪中那小小的黑色的东西是什么呢？

大声些！大声些！大声些！
我大声叫唤你，我的爱侣！

我高高地清晰地把我的声音投入海空，
你一定会知道是谁在这里，在这里，
你必然知道我是谁，我的爱侣。

低悬的月亮啊！

你那棕黄色中的黑点是什么呢?

啊，它是那形体，我的伴侣的形体!
啊，月亮，请别阻留她使她不能回到我这里!

陆地!陆地!啊，陆地!
无论我转向哪里，啊，我想你能够把我的伴侣送还我，只要你愿意,
因为我几乎确信我依稀看见了她，无论我朝哪个方向望去。

啊，正在上升的星星!
也许我渴望的那一颗会上升，会同你们中的几颗上升到天空。

啊，歌喉!颤抖的歌喉呀!
请在大气中唱得更响亮吧!
穿透树林，响遍大地,
在某个地方谛听着你的必定是我想望的那一位。

扬起歌声吧,
在寂寞的这儿，黑夜的歌声!
孤独的爱的歌声!死亡的歌声!
在那缓步慢行的黄色残月下的歌声!
啊，在那个月亮下，她几乎要落到海里去了!
啊，不顾一切的绝望的歌声。

沙哑的海涛啊，请停一停,

请你柔和些，放低声音，
好让我只细语喁喁，
因为我相信我听见我的伴侣在某处回答我，
那么轻微，我必须安静，必须谛听，
可是又不能完全静寂，因为那样她就不可能立即来临。

到这里来吧，我的爱人！
我在这里，在这里！
以这个刚好能维持的声音向你宣布我自己，
这个轻柔的呼唤是给你的，我的爱人啊，给你。

不要被误引到别的地方去啊，
那是风的呼啸，不是我的声音，
那是浪花在飞扑，在飞扑呀，
那些都是树叶的阴影。

啊，黑暗！啊，空想！
啊，我是多么痛苦而悲伤！

啊，天空月亮的褐色晕轮，快要坠落到海上！
啊，海中那凌乱的映像！
啊，歌喉！啊，急跳的心！
而我在徒然地歌唱，整夜徒然地歌唱。

啊，从前！啊，愉快的生活！啊，欢乐的歌！
在空气中，在树林里，在田野上，

曾经爱呀！爱呀！爱呀！爱呀！
可是我的伴侣没了，不再同我一起了！
我们俩不再一起了，我们俩。

歌声沉寂了，
别的都在继续，星星在闪耀，
海风吹着，鸟的歌在不断地引起回声，
暴躁的老母亲[1]愤怒地呻吟，不停地呻吟，
在巴曼诺克灰色的沙沙作响的河滩上，
那黄色的半圆月胀大了，在倾斜，在坠落，快要接触到海浪，
那神情恍惚的孩子，海涛在戏弄他的光脚，海风在吹拂他的头发，
那禁锢在心中的爱情已经开放，现在终于哄乱地爆发了，
那歌的含义，耳朵，灵魂，正在迅速地贮藏，
奇怪的眼泪在两颊流淌，
那里的对话，三方面[2]都发出各自的声音，
那低沉的声调，凶暴的老母亲不停地哼哼，
阴沉地配合孩子的灵魂所提的问题，嗞嗞地吐露某个被淹没的秘密，
向那刚刚出发的诗人。

鸟啊，或者精灵！（孩子的灵魂说，）
你真的是在向你的伴侣歌唱吗？或者其实是对我？
因为我，那时还是个孩子，我的舌头的功能还在睡觉，但现在

---

① 指大海。
② 指大海、鸟和孩子。

我听见你了，

如今霎时间我明白了我生来是为的什么，我醒了，

于是有了一千名歌手，一千支歌，比你的更清亮、更高亢也更忧愁的歌，

一千种悠扬的回声，已在我心里活起来，永远不会沉没。

啊，你这孤独的歌手，你独自歌唱，影射着我，

啊，孤独的我，我听着，我将永不停息地使你永生，

我永远不再逃避，永不逃避这震颤的余音，

这未曾满足的爱的呼叫将永不离开我心头，

我也永远不再是那天晚上以前的孩子，那么平静，

那天晚上在海边，在昏黄低垂的月亮下，

信使唤醒了那烈火，那内心深处甜蜜的魔影，

那无名的欲望，我的命运。

啊，给我那个线索吧！（它在这里黑夜中的某个地方躲着，）

啊，我既然会得到这么多，就给我更多些吧！

要不，就给一个词，（因为我要掌握它，）

一个最后的词，超越一切的词，

微妙的，已经传出——那是什么？——我听着！

你在细声说着它，而且一直是这样吗，你们这些海波？

它是从你们晶莹的水面和潮湿的沙砾中来的吗？

大海朝这里回答，

不迟延，也不匆促，

整夜向我低语，黎明前十分清楚，

低低地向我说出死这个美妙的词，
接着又说死，死，死，
悦耳的咝咝声，既不像那只鸟也不像我这唤醒了的孩子的心，
只是偷偷地靠近我，在我脚边发出沙沙的声音，
又从那里一步步爬到我耳边，并温柔地沐浴着我的整个身子，
死，死，死，死，死。

这我不会忘记，
但要把我那兄弟、那阴暗的精灵的歌，
他在巴曼诺克灰暗河滩上的月光下向我唱出的歌，
同一千支信口唱出的回答之歌，
同我自己的从那个时刻醒来的歌相融合，
还要把它们同那个关键的词，那个来自水波上的词，
那个属于最美的歌曲和一切歌曲的词，
那个由爬到我脚边的，
（或者像一个裹着漂亮的长袍、低着头站在一旁摇着摇篮的老妇人的，）
大海向我低语的强大而美妙的词相融合。

泪水

泪水！泪水！泪水！
在黑夜里，在孤独中，泪水，
在白色的海滩上滴着，滴着，为沙粒所啜取，
泪水，没有一颗闪烁的星星，一片黑暗，一片荒凉，
湿淋淋的泪水，从那个蒙着头的人的眼睛里流出；

啊，那个鬼影是谁呢？那个在黑暗中流着眼泪的形体是谁呢？

那个在沙滩上俯身蹲着的不成形的块状物是什么呢？

泉涌般的泪水，啜泣的泪水，为粗野的号叫所哽塞的痛苦，

啊，暴雨形成了，它腾跳起来，在沿着海岸奔突！

啊，粗犷而阴惨的黑夜暴雨，挟着风——喷薄而窘蹙，

啊，白天是那么沉静而文雅、面貌安详和步履平正的暗影，

可是到晚上你便飞驰，在无人看见的时候——便成了恣肆无羁的汪洋万顷，

泪水！泪水！泪水！

黑夜，在海滩上

黑夜，在海滩上，
一个孩子同他的父亲站在那里，
守望着东方，那秋夜的天际。

在黑暗的高空，
贪婪的云，埋葬一切的云，黑压压地铺展着，
阴沉而迅速地横扫下来，
在东方还剩下的一溜透明清亮的霄汉中，
升起了巨大安详的众星之王朱庇特，
而近在身边，只稍高一点的地方，
游泳着几个秀丽的姐妹：那七颗明星。

海滩上的孩子紧拉着她的父亲的手，

那些低低的胜利了的埋葬一切的云眼看就要吞噬一切了，
她守望着，默默地哭着。

别哭，孩子，
别哭，我的宝贝，
让我以这些吻抹掉你的泪水，
那些贪婪的云绝不会长久得逞，
它们不会长久地占有天空，它们只是在幻象中吞没了星星，
朱庇特一定会出现，耐心些，再守望一个夜晚，那七颗姐妹星一定会出现，
它们是不朽的，所有那些银白的和金黄的星星一定会再次闪耀，
那些伟大的和娇小的星星一定会重新闪耀，它们能持久，
那些巨大不朽的恒星，那些很能持久的沉思着的卫星，一定会重新闪耀。

那么，最亲爱的孩子，你仅仅为朱庇特悲伤吗？
你考虑的只是那些星星的埋没吗？

有一种东西，
（我以亲吻来安慰，还要悄悄告诉你，
我给你提出这第一个暗示，这个问题和间接的含意，）
有一种东西甚至比星星还要不朽，
（许多次的埋葬，许多个白天黑夜，正在过去，）
有一种东西甚至比辉煌的朱庇特还更能持久，
比太阳或者任何旋转着的卫星，
或者那光辉的七个姐妹星，都要长寿。

路边集

欧罗巴

——众国第七十二年和第七十三年[①]

突然，从它那陈腐昏沉的巢穴、奴隶的巢穴中，
它像闪电般跳了出来，连自己也几乎大吃一惊，
它的双脚践踏骨灰和褴褛，它的手紧紧扼住帝王的喉咙。

啊，希望和信仰！
啊，流亡的爱国者在痛苦中的牺牲！
啊，那许多悲恸的心！
今天都转过身来吧，使你们自己重新振作起精神。

而你们，被雇用来污辱人民的家伙——你们这些说谎者，听着！
不是为了无数次惨痛的经历，残杀，奸淫，
不是为了在宫廷中以种种卑鄙手法进行的盗窃行为，利用穷人的淳朴而骗取他的工薪，
不是为了帝王们所作的许多诺言被撕毁并在撕毁时受到嘲笑，
当他们掌握了权力时，他们不是为了这些而进行报复打击，使贵族的脑袋落地，
人民从来就鄙视帝王们的残暴。

但是仁慈的甜美酿成了辛酸的毁灭，那些受惊的暴君们回来了，

---

① 即1848年前后，当时欧洲各国兴起了革命风暴。

各自威风地带着随从、刽子手、牧师、税吏、兵士、律师、大臣、狱卒，以及谄媚者。

不过，在所有卑下的偷盗行为的后面，瞧，有一个形影，
像黑夜一样朦胧，从头部到身子都用紫袍包裹得紧紧，
谁也看不见它的脸和眼睛，
露出紫袍的只有一件东西，在手臂掀起紫袍的地方，
一个弯着的手指像蛇头般高高地指着，在它的头顶。

这时候新的坟墓里躺着尸体，青年人的血染的尸体，
绞架上的绳索沉重地下垂，贵族们的枪弹在飞着，有权势的人在放声大笑，
而这一切都要结出果实来，果实会十分甜美。

那些青年人的尸体，
那些吊在绞架上的烈士，那些被灰色铅弹射穿了的心，
尽管它们好像僵冷了，却以一种扼杀不了的生机活在另一个环境。

他们活在别的青年人身上，啊，帝王们！
他们活在那些又准备好了要反抗你们的兄弟中，
他们被死亡净化了，他们汲取了教训并备受尊崇。

没有哪座为自由而牺牲者的坟墓不长出自由的种子，而种子又必然生出种子，
春风带它们到远方播种，雨雪将滋养它们。
没有哪个被解脱躯壳的灵魂是暴君的武器所能吓跑的，

它将在大地上到处无形地前进，低语着，商量着，告诫着。

自由，让别人对你失望去吧——我永远不对你失望。

房子关好了吗？主人走了吗？
不过，仍要准备好，别放松巡查，
他不久就回来，他的使者眼看就到啦。

我坐着观望

我坐着，观望世界上所有的忧患，所有的压迫和耻辱，
我听到年轻人为自己做过的事悔恨不安而痉挛着抽泣，
我看见穷苦人民中被儿女虐待、无依无靠的母亲，消瘦、绝望、奄奄一息，
我看见被丈夫折磨的妻子，我看见诱奸妇女的歹徒，
我注意到力图隐蔽的嫉妒和单恋的痛苦，我看见世上的这些情景，
我看见战争、瘟疫、暴政的恶果，我看见烈士与囚徒，
我注视着海上的饥馑，我注视着水手们抓阄决定谁去牺牲来维持众人的生命，
我注视着傲慢的人将轻视与侮蔑加在劳动者、穷人和黑人等等的身上，
所有这些——所有这些无休止的卑劣行径和苦难，我独坐着观望，
看着，听着，一声不响。

美丽的妇女

妇女们坐着或来回走动，有的年老，有的年轻，
年轻的很美——可年老的比年轻的更动人。

母亲和婴儿

我看见婴儿酣睡着偎依在慈母怀中，
那酣睡的母亲和婴儿——默默无声，我久久地端详着他们。

滑过一切

滑过一切，穿过一切，
穿过大自然和时空，
像一艘船在海上驶进，
灵魂的航行——不单是生命，
还有死，许多种的死，我要歌唱它们。

给老年

我在你身上看到了那个注入大海时宏伟地扩张和舒展自己的河口。

桴鼓集

一八六一年

武装的一年，斗争的一年，
对于你这可怕的一年，没有精致的韵律或伤感的爱情诗篇，
你不是一个脸色苍白的小诗人坐在书桌前低低地吟咏，
而是像一个挺立的强壮汉子，身穿蓝制服，肩上扛着来复枪，在迈步前进，
你筋骨坚韧，脸和手都晒得黝黑，腰带上插着一把利刃，
我听见你大声吼叫，你那洪亮的声音在整个大陆震响，
你的雄浑的声音，啊，你这个年头，在周围的大城市间飞升，
在曼哈顿人中我把你看成曼哈顿的一个工人和居民，
或者迈开大步走出伊利诺伊和印第安纳，横跨大草原，
用轻快的步伐迅速地越过西部，直下阿勒格尼山岭，
或者走过大湖区，或在宾夕法尼亚，或站在甲板上，在俄亥俄河沿岸，
或者沿着田纳西或坎伯兰河南下，或在查塔努加山巅，
我看见你的步态，我看见你那蓝衣底下筋肉突起的四肢，你带着武器，强壮的一年，
我听到你一次又一次发出的声音，那么果断，
你这用圆形的炮口突然歌唱的年头呀，
我反复念着你，你这匆忙的、莽撞的、悲伤的、惶惑的一年。

敲呀！敲呀！战鼓！

敲呀！敲呀！战鼓！——吹呀！吹呀！军号！

穿过窗子——穿过门户——像暴力般飞爆，
冲进庄严的教堂，驱散集会的群众，
冲进学者在进行研究的学校；
别让新郎安静——不让他同新娘共度良宵，
也不让平静的农夫安心地去耕田或收获，
鼓啊，你这样凶猛地轰响——号啊，你这样尖厉地呼啸。

敲呀！敲呀！战鼓！——吹呀！吹呀！军号！
越过城市的交通，盖过大街上车轮滚滚的喧嚣；
晚上房子里已经铺好预备睡觉的床了？在那些床上不允许有人睡觉，
白天不许生意人谈交易——不许中介人或投机商活动——难道他们还要继续搞？
难道那些讲话的还要继续讲？那些唱歌的还要继续唱？
律师还要在法庭上站起来向法官陈述案件的情状？
那么鼓啊，更快更重地敲击——号啊，更急更猛地吹响。

敲呀！敲呀！战鼓！——吹呀！吹呀！军号！
不要谈判——不要停下来劝告，
不要去理睬那些胆小鬼——不要去听那些哭泣和祈祷，
不要去管那个恳求青年人的老人，
别让人们听见孩子的声音，或者母亲的吁请，
甚至那些让死人躺着在等待灵柩的支架也要将死者摇醒，
啊，骇人的战鼓，你们就这样擂动——军号，你们就这样长鸣！

父亲，从田里上来

父亲，从田里上来，我们的皮特来信了，
母亲，到前门来吧，这里有封信，是你那亲爱的儿子寄来的。

看哪，这是秋天，
看哪，那里树木更绿了，黄的更黄，红的更红了，
在和风中抖动着的树叶使俄亥俄的村落显得凉爽而香甜，
那里的果园中挂着成熟了的苹果，葡萄藤架上悬挂着葡萄，
（你闻到葡萄的香味了没有？
你闻到近来有蜜蜂在嗡嗡飞着的荞麦田的香味了没有？）

看哪，特别是雨后的天空，它那么宁静亮丽，点缀着奇妙的云霞，

下面也那样，一片宁静，一派的生意盎然和清新秀美，农庄也兴旺发达。

田地里也是一片茂盛，
可是现在父亲从田里上来，听到了女儿的叫唤声，
母亲也走出门口，立即来到了前门。

她尽可能快走，一种不祥的预感使得她步履不稳，
她来不及理顺头发，或者把帽子戴正。

赶快拆开信封，
啊，这不是我们的儿子写的，可上面有他的署名，

啊，一个陌生人的手在代替我们亲爱的儿子写，啊，母亲的心被猛地击中！
一切在她的面前晃悠，两眼发黑，只抓住了主要的词语，
一些零碎的字句，胸口枪伤，骑兵遭遇战，送往医院；
眼下很虚弱，但不久可望好转。

啊，现在对我来说只有一个人的形影，
在所有城市和农村都兴旺富庶的俄亥俄全境，
她脸色惨白，头脑昏沉，四肢无力，
斜倚在门柱上，一动不动。
不要这样悲伤，亲爱的母亲，（那个刚刚成人的女儿哽咽着说，小妹妹们默不作声，惊慌地拥挤在周围，）
你瞧，好母亲，信上说的皮特很快就会好转呢。

哎哟，可怜的孩子，他永远不会好转了，（也许已无须好转，那个勇敢而单纯的灵魂，）
当他们在家门口站着时他已经死啦，
这个唯一的儿子已经死啦。

但是，做母亲的却需要好转，
她那瘦弱的身子很快穿上了黑衣，
白天她吃不下饭，晚上睡不好觉，经常瞪着双眼，
半夜醒来时总是哭着，怀着一个深切的心愿，
啊，但愿她能够悄悄地撤离人世，静静地从生命逃走，撤离，
去追随，去寻觅，去跟她那亲爱的已故儿子在一起。

在我脚下战栗摇晃的一年

在我脚下战栗摇晃的一年啊！
你这夏天的风那么温暖，可是我呼吸的空气却把我冻僵了，
浓厚的阴霾从阳光中降落，让我变得黑乎乎的，
难道我得改变我那些胜利的歌吗？我对自己说，
难道我真的要学唱那些失败者的凄凄冷冷的哀歌？
以及那种咏叹挫折的吟哦？

埃塞俄比亚人向军旗致敬

你是谁呀，黑色的妇人，你已经老迈得不成人样，
光着一双瘦削的脚，拳曲的白发裹着头巾，
你为什么从这路边站起来，向军旗致敬？

（那时我们的军队在卡罗来纳的沙地和松林列队前行，
你这埃塞俄比亚人从茅屋门口出来，向我走近，
而我正在英勇的谢尔曼部队里朝大海行军。）

我那主人一百年前硬叫我离开了我的父母，
那时我是个小孩，他们捉了我就像捉野兽一般，
然后残忍的奴隶贩子带我到这里，到大洋这边。

她没有再说什么，但整天徘徊在那里，
摆动着她那高昂的裹着头巾的头，转溜着她那黝黑的眼睛，

向行进的联队，向走过的军旗致敬。
这是什么意思呢，你这两眼蒙眬、不成人样的不幸的妇人，
为什么摆动你那裹着黄红绿三色头巾的头？
难道你看见或见过的一切都那样奇怪，令你惊愕不休？

伙伴啊，当我把头枕在你腿上的时候

伙伴啊，当我把头枕在你腿上的时候，
我重申我向你的表白，重申我在野外向你说过的种种，
我明白我自己很不安静，也叫别人不得安宁，
我明白我的话是充满危险、充满死亡的武器，
因为我面对着和平、安全，以及一切所有既定的法则，而我要打乱它们，
因为大家都否定我，我就比假如大家都承认我时更加坚定，
我不重视也从没重视过什么经验、忠告、大多数，或者嘲讽，
而所谓地狱的威胁对我来说并不要紧，或根本算不了什么，
所谓天堂的诱惑也不要紧，或根本算不了什么；
亲爱的伙伴呀！我承认我怂恿过你与我一起前进，而且仍然怂恿你，但一点也没有想过我们的目的究竟在哪里，
或者我们会不会胜利，或者只是彻底毁灭和失败而已。

林肯总统纪念集

当紫丁香最近在前院开放

1

当紫丁香最近在前院开放，
而那颗巨星晚上很早便在西天陨落的时候，
我曾经哀悼，而且还要在今后年年回来的每个春天哀悼。

年年回来的每一个春天，你一定会带给我三件东西，
一年一度开放的紫丁香和西天陨落的星星，
以及对我所爱的他的思念，三位一体。

2

啊！在西方陨落的巨大星辰！
啊，夜的阴影——忧郁的、泪光闪烁的夜！
啊，巨星消逝了——啊，那遮没星星的一片阴沉！
啊，那抓住我这弱小者的残酷的双手——啊，我的无助的灵魂！
啊，那围绕在四周不愿解放我这灵魂的凶暴的乌云！

3

在古老的农舍前面的庭院里，靠近白色栅栏的地方，
生长着一丛很高的有着心形翠绿叶片的紫丁香，
它开着许多美丽的尖尖花朵，散发着我心爱的芬芳，
它的每片叶子都是一个奇迹——极不平凡，
我摘取一个开满鲜花的小枝，从这庭院，
这有着娇艳花朵和心形绿叶的灌木丛里面。

4

在僻静幽深的沼泽地里，
一只躲藏着的羞涩的鸟在唱一支歌曲。
这只画眉鸟是孤独的，
是个离群索居的隐士，躲避着居民的住所，
他独自唱一支歌。
一支啼血的歌，
一支死中求生的歌，（因为，亲爱的兄弟，我知道，假如你没有歌唱的权利，你就一定会死掉。）

5

在春天的胸脯上，那地方，在城市和城市之间，
在小径上，穿过古老的树林，那儿近来紫罗兰从地里冒出，点缀着灰白的碎石，
在小径两旁田野上的青草中，经过无边的草地，
经过抽着嫩黄叶片的麦田，深褐色的田里每颗麦粒都钻出了苞皮，
经过果园里苹果树上开放的雪白粉红的花朵，
一口棺材在日夜行进，
运载着一具尸体，
到它将要在坟墓中永远休息的地方去。

6

棺材穿过大街和小巷，
穿过白天黑夜有大片乌云遮盖的地方，
卷起的旗帜十分壮丽，城市披上了黑纱，

各州本身都像蒙着黑面纱的女人肃立在那里，

长长的蜿蜒前进的队伍和黑夜的火光，

无数点燃的火把，沉默的、由无数脸孔和不曾脱帽的人头汇集成的海洋，

那正在等待的停柩所，到达的灵柩，肃穆的面容，

倾泻在灵柩周围的所有哀悼者的悲声，

烛光暗淡的教堂和颤抖的风琴——你就在这些的中间行进，

伴着反复敲响的悠悠不绝的丧钟，

这里，缓缓经过的灵柩哟，

我把我的丁香枝献给你，连同上面的花朵。

7

（并不只是献给你，给你一个人，

我还将花朵和翠绿的嫩枝献给所有的灵床，

就这样，我要唱一支歌，像早晨一样新鲜，为你，啊，清醒而神圣的死亡。

到处是玫瑰的花束，

啊，死亡，我用玫瑰花和早开的百合把你盖上，

但现在最多的是这首先开花的紫丁香，

我采折了许多，我从花丛中折些小枝，

我抱着一大把走来，撒向你，

死亡啊，献给你和你所有的灵床。）

8

啊，在天空航行的西方的星，

如今我明白了一个月前我散步时你必然有过的那种用意，
那时我沉默地走过那透明而多暗影的黑夜，
我看见你夜复一夜地俯视着我，像要告诉我什么东西，
那时你从天空低低地下垂，仿佛要落到我身旁，（而别的星星都在看着，）
那时我们一起在静夜中徘徊，（我不知是什么使得我不能入睡，）
当黑夜渐深，我看见你在西方天边那样满怀悲戚，
那时我站立在高地上，在清凉透明的深夜，迎着微风，
我观望着你从那里经过并消失在低沉而昏暗的夜雾中，
那时我的骚乱不满的灵魂也往下沉，就像你这悲伤的星星，
完了，陨落到黑夜里，从此不再上升。

9

唱吧，在那边，在沼泽地里，
啊，羞涩而温柔的歌手，我听见你的曲调，我听见你的呼唤，
我听见了，我立即到来，我了解你，
但是我要延迟一会儿，因为那炫亮的星星留住了我，
那星星，我的告别的伙伴，他抓住我不让我分离。

10

啊，我该怎样为我所爱的那位死者凄切地歌唱呢？
我该怎样为那个已逝的巨大可爱的灵魂而修饰我的歌呢？
我该用什么样的馨香来呈献给我那可爱的他的坟墓呢？

从东方和西方吹来的海风，
从东海吹来和从西海吹来、直到在草原上汇合的海风，

这些，就以这些和我的歌唱的芬芳，
我喷洒在我所爱的那个人的坟墓上。

11

啊，我该用什么悬挂在大厅的墙壁上？
我要挂在墙上的该是些什么样的图画，
用来装饰我所爱的那个人的灵堂？

用万物生长的春天和农场与房舍的画图，
连同四月日落时的黄昏，清澄而明亮的灰色烟雾，
连同艳丽、疲软、像火一般使天空显得更加开阔的落日的潮涌般的金光，
连同脚下的清新甜美的芳草和枝叶葱茏的绿树，
远处河床中那流溢的光辉和轻风吹皱的碧波粼粼，
连同两岸连绵起伏的山峦，衬着蓝天的许多线条和阴影，
还有附近那房屋密布和烟囱林立的城市，
以及一切的生活场景，工厂和正在走回家去的工人。

12

看哪，肉体和灵魂——这块土地，
我自己的有教堂尖顶的曼哈顿，以及闪光的急促的潮水和船只，
那多样而宽广的土地，阳光照耀着的南部和北部，俄亥俄两岸和灿烂的密苏里，
那长满青草和稻谷的草原，永远绵亘不息。

看哪，那多么宁静而奇伟的最美的太阳，

那深紫和浅紫的吹着宜人风笛的清晨，
那轻盈而温柔的无边无际的阳光，
那已经到达顶点的中午时分，铺展着、沐浴着一切的奇迹，
那美妙的即将降临的黄昏，受欢迎的黑夜和星星，
一切都照耀在我的城市上空，笼罩人类和大地。

13

唱下去吧，唱下去，你这灰褐色的鸟儿，
从沼泽地那隐秘的地方，从丛林里，倾泼出你的歌声，
让它无休无止地漫出黑夜，漫出杉木和松林。

唱下去吧，最亲爱的兄弟，悠扬地吹奏你的芦笛，
那响亮的人类之歌，用极端悲切的声音。
啊，流畅，自由而温柔！
啊，给我的灵魂以狂热的纵情的感受——啊，奇妙的歌手！
我只听你——可是星星留住我，（不过将很快分离，）
可是那芬芳迷人的紫丁香留住我。

14

如今我在白天坐着向前眺望，
在黄昏日落和春天田野里农夫们仍在侍弄庄稼的时分，
在我的有着湖泊和森林的土地上辽阔自然的风景中，
在天堂般的明媚秀丽中，（在骚乱的暴风雨之后，）
在匆匆过去的下午的天穹下和妇女小孩的声音中，
我看见纷纷卷进的海潮，还有船只在行驶，
那丰茂的夏天降临了，田野里到处是劳工，

还有那无数分散的房屋，它们都在忙着做饭和日常琐事，
而大街的脉搏在急跳，城市拥挤得无法通行——看，就在当时当地，
乌云出现了，降落在它们大家身上和在它们大家之中，笼罩着我和其余的人们，
乌云出现了，它那拖得长长的黑尾出现了，
而我懂得死亡，懂得它的意思，以及对于死亡的神圣的认识。

那时对于死亡的认识仿佛在我的一旁走着，
关于死的思想紧靠着我的另一边行走，
而我仿佛在同伴们当中，仿佛与同伴们手拉着手，
我赶忙逃向那隐藏一切、接受一切的无言的黑夜，
逃到河边，那昏暗中的沼泽地旁的小径，
逃入庄严荫蔽的杉木和鬼影般寂静的松林。

而那位对旁人显得羞涩的歌手接待了我，
那只我认识的灰褐色鸟儿接待了我们这三个同伙，
他唱着死亡之歌，献给我所爱的那个人的诗歌。

从僻静隐秘的深处，
从稀疏的杉木和鬼影般那么寂静的松林，
传来了鸟儿的歌声。

那歌声的魅力使我狂喜，
我在黑夜中仿佛被伙伴们的手抓得紧紧，
而我的心灵之声与鸟儿的歌相呼应。

来呀，可爱的、给人以慰藉的死，
你环绕着世界荡漾起伏，安详地来临，来临，
在白天，在黑夜，向全体，向个人，
或迟或早，微妙的死神。

给深不可测的宇宙以赞美吧，
为了生命和欢乐，为了物体和好奇的认识，
而且为了爱情，甜蜜的爱情——更要赞美！赞美！赞美！
为了那冷森森地合抱起来的死亡的牢靠的胳臂。

总是悄悄地滑到身边来的黑暗的母亲啊，
难道没有人给你唱过一支热烈欢迎的歌吗?
那么我来给你唱，我赞颂你超过一切，
我带给你一支歌，只要你真的一定毫不迟疑地来到这里。

走近来吧，强大的解放者，
如果是这样，你便接受了他们，我高兴地歌唱的死者，
让他们沉没在你那慈爱地浮动的海中，
沐浴在你的，死亡啊，在你的幸福的洪水里。

我要给你唱快乐的小夜曲，
我提议用舞蹈、用装饰和宴请向你致敬，
户外绮丽的风光和铺在天空的霞彩正在准备它们，
还有生活和田野以及巨大沉思的夜景。

静静的、繁星下面的黑夜，

海岸和我能听懂的喃喃絮语的涛声，
还有灵魂，它转身向着你，啊！庞大而遮蔽得很好的死亡，
还有肉体，它愉快而悄悄地向你挨近。

我唱给你一支歌，它飘过树顶，
飘过起伏的波涛，飘过无数田野和广阔的草地，
飘过一切人烟稠密的城市与拥挤的码头和道路，
我唱出这支歌曲，满怀欢喜，啊，死亡，对你的欢喜。

15

和着我心灵的节拍，
那只灰褐色鸟儿继续高声而洪亮地歌唱，
以清纯而美妙的曲调弥漫充塞着夜雾茫茫。

歌声在昏暗的松林和杉木中高扬，
在清新的雾气和芳香的沼泽里那么嘹亮，
而我和我的伙伴在那儿沉沉的黑夜里彷徨。
当我的束缚于眼中的视线被解放的时候，
一幅长长的幻象的画卷便展开了。

于是我侧身望见许多的军队，
我仿佛在无声的梦中看见成百的战旗，
我看见它们被扛着穿过硝烟，被流弹打穿了，
然后穿过烟雾到这里又到那里，浑身是伤痕和血迹，
最后旗杆上只剩下几块破布，（但一切都静悄悄的，）
旗杆也全都折断和劈裂了。

我看见战士们的尸体，很多很多的尸体，
还有年轻人的惨白的头骨，我看见它们，
我看见一堆堆在战争中被屠杀的士兵们的断肢残臂，
但是我发现他们并不如人们所想象的，
他们并不痛苦，他们本身完全是在休息，
痛苦的是留下来的活人，是留下的母亲，
是妻子儿女和回忆他们的伙伴，
以及留下来受苦的军人弟兄。

16

幻象在过去，夜已深了，
我的伙伴们抓住我的那些手松开了，也过去了，
在过去的还有那只隐蔽着的鸟儿的歌和我的灵魂与它相应和的歌，
胜利之歌，死亡的出路之歌，可也是多样的、永远在变动的歌，
它低沉而哀婉，可是又清晰流畅，时高时低地弥漫于黑夜，
接着便悲伤地下沉和渐渐低微，好像在再三警告，但随即又欢乐地爆发了，
这时它笼罩大地，充塞着辽阔的天空，
就像那天晚上我从隐蔽处听到的那支雄壮的圣歌，
我经过时留下你这带有心形叶片的紫丁香，
我留下你在那儿前院里，好年年与春天一起回来，年年开放。

我要停止我对你的歌唱了，
我将不再面对西方注视着西天的你，与你交谈，

啊，有着银白脸盘的、在夜里灿灿发光的伙伴！

不过，我要把这一切都保留下来，不容许它们被黑夜吞没，
这歌声，那只灰褐色鸟儿的奇妙的歌声，
这合唱，从我心灵中唤起的回应，
连同那颗下垂的灿烂的满脸悲戚的星星，
连同那些正在向鸟儿的呼唤接近的、握着我的手的挽留者，
我的伙伴们和当中的我，以及他们对于我所热爱的死者的永久记忆，
对于我这时代和国家的最可爱、最睿智的灵魂的记忆——正是为了亲爱的他的缘故，
紫丁香、星星和鸟儿与我的灵魂的歌交缠在一起，
在那儿，在芳香的松树和昏暗的杉林所在的幽深处。

啊，船长！我的船长！

啊，船长！我的船长！我们的可怕的航程已经终了，
船只渡过了一个个难关，我们追求的目的已经达到，
港口就在眼前，我听到了钟声，听到了人们狂热的呼喊，
无数的眼睛在望着坚定的船，它威严而又勇敢；
　　但是，心啊！心啊！心啊！
　　　鲜红的血在流淌！
　　　　我的船长在甲板上躺着，
　　　　　他倒下死了，已经冰凉。

啊，船长！我的船长！请起来听听这钟声，
起来呀——旗帜在为你招展——号角在为你哀鸣，
花束和花环为你赞礼，人群为你挤满了海岸，
他们向你呼唤，这些晃动的人群，朝你高仰着急切的脸；
　　在这里，船长！亲爱的父亲！
　　　请把你的头枕着这只臂膀，
　　　　在这甲板上，真像一场梦，
　　　　　你倒下死了，已经冰凉。

我的船长没有回答，他的嘴唇惨白而僵冷，
我的父亲感觉不到我的臂膀，他已经没有脉搏和神经，
船只安全而稳定地下锚了，它的航行已宣告完毕，
胜利的船只从可怕的旅途中走来，达到了目的；
　　欢呼啊，海岸，敲响啊，巨钟！
　　　但是我悲痛地踉跄，
　　　　行走在甲板上，在那里我的船长躺着，
　　　　　他倒下死了，已经冰凉。

这便是那个人的遗骸

这便是那个人的遗骸，
他文雅、平易、正直而果决，凭他那谨慎的指挥，
面对历史上任何时候、任何地方都从未有过的丑恶罪孽，
这些州的联邦被救了出来。

秋溪集

给一个受挫的欧洲革命者

更加勇敢些，我的兄弟，我的姐妹！
坚持下去——无论发生什么，自由不能违背；
经过一次两次乃至多少次的失败，或者由于别人的冷淡或忘恩负义，
或者受到了权力、军队、大炮和刑法的威胁，
如果便被吓倒，那就太不行了。

我们所信仰的东西永远潜伏在各个大陆等候着，
它不邀请谁，不许诺什么，在宁静的光明中坐着，积极而从容，不懂得什么叫挫折，
它耐心地等待，等待时机的会合。

（这些不只是赞美忠诚的歌曲，
也是造反的歌声，
因为我是发誓要为全世界每个无畏的反叛者歌唱的诗人，
而那个跟我一起走的人把太平和常规抛在了后面，
冒着生命的危险，随时都可能牺牲。）

战斗愤怒地发出多次大声的报警，频繁地前进、后撤，
出卖自由的人胜利，或者暂定地胜利了，
监狱，绞架，刑具，手铐，铁项圈和铅弹在行使权威，
有名的和无名的英雄们进入另一个世界，
伟大的演说家和作家被放逐，他们病倒在辽远的外地，
正义的事业睡着了，最坚强的喉咙被他们自己的鲜血堵塞了，

青年们遇见时相对俯首，耷拉着眼皮；
但是，尽管如此，自由并没有退位，变节者也没有掌握全部权力。

自由不会是第一个退位的，也不是第二个或第三个，
它等待所有其余的先走，它总是最后的。

只有当人们的记忆中已经没有了英雄和烈士的时候，只有当所有男人和女人的全部生命和灵魂从全球绝迹了的时候，
那时自由或自由的观念才会从地球上那个部位撤离，
让变节者回来掌握全部的权力。

那么，勇敢些，欧洲的男女造反者！
因为不到一切都了结，你们是绝不能了结的。

我不知道你们的目的何在，（我也不知道我自己的目的，也不知道任何事物的目的是什么，）
但是我要认真寻找，即使在遭到挫败的时候，
在失败、贫困、误解和囚禁中——因为这些也是伟大的。

我们曾认为胜利是伟大的吗？
它是的——不过现在我觉得如果不能避免时，失败也是伟大的，
而且死亡和沮丧也是伟大的。

狱中的歌手

1

啊，可怜，可耻，可悲的情景，
啊，可怕的思想——一个罪犯的灵魂。

沿着监狱的长廊，这一叠句歌词在频繁震响，
它上达屋顶，升入天穹，
曲调像潮水般奔涌，音调忧郁、悦耳而雄壮，像从没听过的那样，
它让远处的哨兵和守卫听到了驻步不前，
使听者的脉搏为之静止，由于敬畏和神往。

2

冬季的一天，太阳快要在西天沉落，
在一条狭窄的通道里，在当地的盗贼和歹徒中间，
（那里坐着千百个脸色憔悴的杀人犯，狡猾的伪币制造者，
他们聚集在监狱围墙内做安息日礼拜，周围是看守人员，
有不少看守全副武装，用警惕的目光监视着，）
这时一位妇人镇定地走来，每只手里各抱着一个天真的小孩，
他们被放在讲台上她身旁的凳子上坐着，
她先用乐器弹了曲低沉的前奏，
接着以压倒一切的声音唱出一首古雅的赞歌。

一个戴着镣铐的灵魂禁闭在铁栏中，
她扭着她的双手高呼：救命啊，救命！

她的眼睛瞎了，她的胸脯在流血，
但她找不到别人的宽恕和慰藉。
她不停地走来走去，
啊，白天的痛苦，啊，夜晚的焦虑，
得不到朋友的手，看不见亲爱的脸，
既没有什么照顾，也没有好的语言。

那犯罪的不是我呀！
是无情的肉体硬把我拉下；
尽管我长期勇敢地斗争，
但肉体对于我太难以战胜。

亲爱的被囚禁的灵魂，再忍耐一会，
因为或迟或早总该有恩惠；
为了把你释放，带你回家养老，
死亡这上天的赦宥者将一定来到。

不再是囚犯，不再羞耻，也没有悲愤！
告别了——一个被上帝释放的灵魂！

3

歌手唱完了，

她那双清亮安宁的眼睛从容一瞥，扫过所有那些仰望着她的脸，

那些囚犯的脸，一千张互不相同的、诡诈的、残忍的、布满皱纹而又美丽的脸，像一片奇异的海洋，

然后她站起来，沿着那条狭窄的长廊往回走，穿过他们中间，

她的长袍在他们身上拂过，寂静中发出窸窣的声响，
她和她的两个孩子在暮色中消失了。
这时候，在囚犯们和武装的看守们周围，在他们挪动身子之前，
（囚犯忘记了牢狱，看守忘记了他那实弹的手枪，）
一片寂然无声的气氛笼罩着，在一分钟内形成奇异的场面，
这里有深沉的半压抑的啜泣声，连坏人也低着头，感动得哭了，
有的是青年人急促的呼吸和对家庭的眷恋，
想起了母亲的催眠曲，姐姐的关照，幸福的童年，
那长年禁锢的精神苏醒了，勾起了怀念；
那时只有奇异的一分钟——但是以后，在孤独的黑夜，对于那里许许多多的人，
多年以后，甚至直到临死的时候，那忧伤的叠句，那支曲子，那歌词，那声音，
还要被重温，那个高大文静的妇人要再次穿过狭窄的长廊，
那悲泣的曲调要再次响起，牢狱中的歌手在歌唱。

啊，可怜，可耻，可悲的情景！
啊，可怕的思想——一个罪犯的灵魂！

献给那个被钉在十字架上的人

我的心灵面对着你的心灵，亲爱的兄弟，
许多宣扬你名字的人并不了解你，但不要在意，
我没有宣扬你的名字，但是我了解你，
我高兴举出你，啊，我的伙伴，为了向你致敬，向那些以前和

以后以及将来同你在一起的人致敬，

我们大家一起劳动，传送同一种委托和传统，

我们是少数几个平等的人，不分国家，不分时代，

我们包含了所有的大陆，所有的阶层，容许所有的神学理论，

我们同情所有的人，理解所有的人，与人们和睦相处，

我们在争论和断言中默默行走，但并不排斥争论者，也不反对任何被断言的事情，

我们听到咆哮和喧嚣，各种的分歧、嫉妒和责难纷纷向我们靠近，

它们蛮横地逼进我们，包围我们，我的伙伴呀，

可是我们不受制于它们，自由地走遍全世界，上下周游，直到把我们的不可磨灭的足迹留在时间和不同的时代中，

直到我们渗透了时间和时代，使得各个种族和未来各个世纪的男人与女人可以证实他们像我们一样都是兄弟和情人。

火炬

在我西北的海岸上，深夜里站着一群守望的渔夫，

他们面前的湖上有别的渔夫在叉捕鲑鱼，

那小船，一个模糊的阴影，横过黝黑的水面，

船头站立着熊熊燃烧的火炬。

啊，法兰西之星

（1870—1871）[①]

啊，法兰西之星哟，
你的希望、力量和荣誉的光辉，
像一艘长期率领着舰队的骄傲的船，
今天却沦为被大风追逐的难艇，一个无桅的躯体，
在它那拥挤、疯狂和快要淹毙的人群里，
没有舵也没有舵师。

被袭击的阴沉的星哟，
不是法兰西独有的星辰，也是我的灵魂及其最珍贵的希望的象征，
捍卫自由的斗争与无畏的义愤的象征，
对遥远理想的向往的、仁人志士对兄弟情谊的梦想的象征，
暴君和僧侣的恐惧的象征啊！

钉死在十字架上——被叛徒出卖了的星，
喘息着，在一个死亡的国度、英雄国度的上空，
在那奇怪的、热情的、嘲讽的、轻薄的国度的上空喘息着的星啊！

可悲呀！但是我不想因你的错误、虚荣和罪过而责备你，
你那无比的悲伤和痛苦已将它们全部抵消，
剩下的是神圣的你。

① 此诗发表于1871年6月，即巴黎公社失败后不到一个月的时候。

由于你虽然犯下了许多过错，但始终抱着崇高的目的，
由于你任凭多大的代价也决不真正出卖你自己，
由于你从麻醉的昏睡中的确哭泣着醒来了，
由于你，女巨人哟，在你的姐妹们中唯一粉碎了那些侮辱你的仇敌，
由于你不能也不肯戴上那惯常用的锁链，
你才在这十字架上，脸色一片青灰，手脚被牢牢钉死——
长矛呀，扎进了你的腰里。

星哟，法兰西之船哟，长期被击退和打败了的船哟！
坚持吧，受挫的星！船啊，继续航行！

要像万物之船的大地本身一样坚信，
它是暴戾的火和汹涌的混沌的产物，
从那愤怒的痉挛和毒液里产生，
最终在完整的力和美中出现，
在太阳下沿着轨道前进，
你也这样啊，法兰西的航轮！

苦难的日子结束了，云雾给驱散了，
剧痛已消失，长期追求的解放已经来到，
瞧，当它又一次诞生，高悬在欧罗巴世界的上头，
（它从那里遥遥相对，欢乐地回答着、反映着我们的“哥伦比亚号”，）
法兰西哟，你的星，又是美丽辉煌的星，
在神圣的和平中更加清辉皎皎，

定将不朽地照耀。

暴风雨的壮丽乐曲

1

暴风雨的壮丽乐曲，
那么恣肆奔腾、呼啸着越过大草原的强风，
森林树冠的嗡嗡震响——高山的箫笛，
人一般的阴影——你们管弦乐队的潜形，
你们，机警地手执乐器的幽灵的小夜曲，
将一切民族的语言与大自然的天籁混合在一起；
你们这些由广大作曲家留下的和弦——你们这些合唱队，
你们这些无形的、自由的宗教舞曲——你们来自东方，
你们这些河流的低调，奔瀑的轰鸣，
你们这些来自远方的铁骑纵横中的枪响，
连同兵营中各种军号的回应，
这一切骚动地集合着，充塞着深沉的午夜，压迫我这无力的弱者，
进入我的孤寂的卧室，你们啊，怎么把我抓住了？

2

站出来呀，我的灵魂，让别的都去休息，
要谛听，别遗漏了，它们是在走向你，
它们冲开午夜，进入我的卧房，
为了你，灵魂哟，在舞蹈和歌唱。

一支喜庆日子的歌，
一支结婚进行曲，新郎新娘的二重奏，
以爱的嘴唇，爱侣们的洋溢着爱情的心，
兴奋得绯红的双颊和芳香，以及随从中老老少少友好的脸容，
应和着长笛的曲调和歌咏般地弹奏的竖琴。

洪亮的鼓声来了，
维多利亚[①]啊！你可看见硝烟中那面碎裂而飞扬的旗帜，那些受挫者的喧扰？
可听到了一支获胜的军队的鼓噪？

（哎，灵魂！那些妇女的啜泣，那些受伤者的痛苦的呻吟，
那火焰的嗞嗞声和噼啪声，那焦黑的废墟，那城市的灰烬，
那人类的挽歌和凄冷。）

现在我心中满是古代和中世纪的歌曲，
我看见和听到古老的竖琴师在威尔士节日弹奏，
我听见游吟诗人在唱他们的情歌，
我听见中古时代的游唱者，巡游的乐师和民谣歌手。

现在是大风琴的声音，它在震颤，
而底下，（像大地隐蔽的立足点，
承载着一切形式的美、优雅和力量，我们所知的种种彩色，
使草的绿叶和鸟的鸣啭，嬉戏玩耍的儿童，天上的云朵，

① 指英国维多利亚女王（1819—1901）。

跳跃时有所凭借，升起时有所依托，）
那强有力的低音部站在那里，震动着永不停歇，
沐浴着、支撑着、融合着其余的一切，是其余一切的孕育者，
还有同它一起那众多的种种乐器，
正在演奏的演奏者，世间所有的乐师，
肃穆的赞歌和引起崇敬的弥撒乐，
一切激情的心曲，悲哀的颂词，
各个时代无数美好的歌唱家，
以及使它们溶解和凝结的大地本身的融洽，
风雨、树林以及浩大的海涛之声，
又一个结构严密的管弦乐团，岁月与地域的组合者，十倍的革新精神，
有如诗人们所说的遥远的过去，那片乐土，
从那儿开始的迷向，长期的偏离，但现在漂泊已经结束，
旅游完了，出了师的徒工回到了家里，
人类和艺术又同大自然融合在一起。

齐唱啊！为了大地与天堂；
（万能的领导者如今在发出信号，用他的指挥棒，）

世界上所有的丈夫们都在威武地左转歌吟[1]，
所有的妻子们都在响应。

小提琴的弦音，

---

① 古希腊戏剧中的歌咏队先由右向左舞蹈，然后由左向右。

（我想，弦音哟，你们诉说着这颗不能诉说它自己的心，
这颗不能诉说它自己而思忖着和向往着的心。）

3

噢，从孩提时代开始，
灵魂你知道，一切音响对于我怎样都成了音乐，
我母亲唱摇篮曲和赞美诗的声音，
（那声音，那轻柔的声音，记忆中的可爱的声音啊，
一切奇迹中的最大一个奇迹，最亲爱的母亲和妹妹的声音；）
雨水，滋长的玉米，叶子长长的玉米间的微风，
拍打着沙滩的有节奏的海浪，
小鸟的啁啾，鹰隼的尖啸，
野鸭晚上低飞着向南方或北方迁徙时的叫嚷，
乡村教堂里的或者密林中野营布道会上的圣诗，
小酒店里的提琴手，无伴奏的合唱，悠长的船夫曲，
哞哞叫的牛，咩咩叫的羊，报晓的公鸡。

当代各国所有的歌曲都来到我周围演奏，
关于友谊、美酒和爱情的日耳曼曲调，
爱尔兰民歌，欢乐的快步舞曲和舞乐，英格兰歌谣，法兰西短歌，苏格兰曲子，
以及高于其他一切的无敌的意大利乐曲。

诺尔玛[①] 激情如火而脸色苍白，

---

① 意大利歌剧《诺尔玛》中的女主角，歌剧作曲家是文森佐·贝利尼（1801—1835）。

挥舞着她手中的短剑高傲地走过舞台。

我看见不幸发疯的露琪亚[1]眼中闪着奇异的光芒，
她的头发松散而蓬乱地垂落在背上。
我看见埃尔纳尼[2]在新娘的花园里散步，
在夜玫瑰的芳香中，容光焕发，携着他的新婚的妻子，
如今听到了地狱的召唤，号角的死誓。

面对着交叉的剑，白发袒露着映照云天，
这是世间那个清晰而动人心弦的男低音和中音歌手，
长号的二重奏，永远的自由！

从西班牙栗子树的浓阴里，
从古老而笨重的女修道院围墙之旁，有一支呜咽的歌，
失恋的歌，在绝望中熄灭了的青春与生命的火炬，
濒死的天鹅的歌，费尔南多[3]的心快要碎了。

终于得救的从悲哀中醒过来的阿米娜唱起来了，
她那喜悦的激情如星星般丰饶，晨曦般欢乐。

（那个丰产的妇人来了，
那光彩照人的明星，金星似的女低音，鲜花盛开般的母亲，

① 多尼采蒂的歌剧《拉美莫尔的露琪亚》中的女主角。
② 意大利歌剧《埃尔纳尼》中的男主角。
③ 多尼采蒂的歌剧《宠姬》中的男主角。

最崇高的神祇们的妹妹，我听到了，阿尔波妮[①] 本人。）

4

我听见那些颂歌、交响乐、歌剧，
我在《威廉·退尔》[②] 中听见一个觉醒和愤怒的民族的乐曲，
我听见梅耶贝尔[③] 的《法国清教徒》、《先知》，或《恶魔罗勃》，
莫扎特的《唐·璜》，或古诺[④] 的《浮士德》。

我听到所有各个民族的舞曲，
使我迷惑和沉浸于狂喜中的华尔兹，某种美妙的节拍，
配着叮咚的吉他和咔嗒的响板的波列罗[⑤] 舞。

我看到老的和新的宗教舞蹈，
我听到希伯来七弦竖琴的震颤，
我看到十字军高高地扛着十字在迈进，配合着铙钹的威武的铿锵声，
我听到托钵僧永远朝向麦加旋转时那单调的吟唱，夹杂着狂热的叫喊，
我看见波斯人和阿拉伯人跳宗教舞的狂喜之情，
还有，在刻瑞斯[⑥] 的家乡厄琉西斯，我看到现代希腊人在跳跃，
我看见他们一边拍着手，一边弯着腰身，

---

① 意大利歌剧演员，曾在纽约演出，为惠特曼生平最欣赏的女歌唱家。
② 意大利歌剧，作曲家罗西尼（1792—1868）的最佳作品。
③ 梅耶贝尔（1791—1864），德国歌剧作曲家。
④ 古诺（1818—1893），法国作曲家。
⑤ 一种西班牙舞蹈。
⑥ 古罗马的谷物之神。

我听见他们的双脚有节奏地在曳步移动。

我还看见粗野狂欢的古老祭司舞，表演者彼此猛撞着，
我看见罗马青年和着六孔竖笛的尖叫声在互相抛接他们的武器，
一面相向跪下，然后又站起。

我听到从伊斯兰清真寺传来的呼报时刻者的叫喊，
我看见那里面的膜拜者既无仪式也无布道、言辞或辩论，
只有静静的、奇怪的、虔诚的、抬起来的发光的脑袋，
狂喜的面容。

我听到埃及人的多弦的竖琴，
尼罗河船夫的原始的歌曲，
中国皇室的神圣的赞歌，
应和着帝王高雅的声音，（敲打的木鱼和石磬，）
或者一支印度寺院的女舞蹈队，
和着印度长笛和烦躁的七弦琴的嗡鸣。

5

现在亚细亚、阿非利加离开了我，欧罗巴又把我抓住，使我得意扬扬，
和着大风琴和乐队，我仿佛从庞大的声音汇合中欣赏，
路德[①] 的雄浑的赞诗《上帝坚如城堡》，
罗西尼的描写圣母在十字架下的礼拜赞歌，

① 即马丁·路德（1483—1546）。

或者漂浮于某个有彩色窗户的高大而阴暗的教堂，
那激昂的《上帝的羔羊》或《荣耀属于至高者》的歌唱。

作曲家们！杰出的艺术大师们！
还有你们，古代各国甜美的歌唱家，女高音，男高音，低音，
一个新的吟唱者在西方向你们愉快地高歌，
恭敬地将他的爱奉献给你们。

（灵魂哟，这种种都通向了你，
全部的感觉、外观和物体，都通向你，
但是此刻我觉得，超乎其他一切之上的是声音在通向你。）

我听见圣保罗大教堂里的孩子们一年一度的歌唱声，
或者，在某个宏大厅堂高高的屋顶下，贝多芬、亨德尔[①]或海顿[②]的交响乐和圣乐，
神圣海涛中的《创世记》[③]沐浴着我的心灵。

让我拥抱所有的声音吧，（我狠狠地挣扎着叫喊，）
用宇宙间一切的声音把我灌满吧，
把它们的以及大自然的悸动赋予我吧，
让那些暴风雨，湖海，天风，歌剧和吟诵，进行曲和舞曲，
一齐发声，倾注，因为我要将它们全部吸取！

---

① 亨德尔（1685—1759），英国歌剧作曲家。
② 海顿（1732—1809），奥地利作曲家。
③ 海顿所作的一支弥撒曲。

6

然后我缓缓地醒来，
迟疑着，将我梦中的音乐探究一会，
探究所有那些记忆，那怒号的暴风雨，
以及所有女高音和男高音的歌曲，
以及那些狂喜的、充满宗教热的东方舞乐，
以及各种美妙的乐器，风琴的和声，
以及一切爱情、灾难和死亡的朴素的哀陈，
我从卧室的床上对我的沉默而好奇的灵魂说，
瞧，由于我找到了我一直在寻求的那个线索，
让我们在白天出去，精神振作，
愉快地把生活清理，到现实世界中游逛，
从今以后受到我们的神圣之梦的滋养。

而且，我还说，
也许你，灵魂哟，听到的不是风的声响，
也不是震怒的暴风雨的梦，或者海鹰的尖叫或扑打的翅膀，
也不是阳光灿烂的意大利的歌唱，
也不是德意志的庄严的风琴，或者各种声音的汇合，或层层叠叠的和声，
也不是歌咏队向左转舞时丈夫们和妻子们的吟咏，或者士兵行进的声音，
也不是横笛，不是竖琴，不是兵营号角的呼唤，
而是以一种适合于你的新的韵律吟成的诗篇，
孕育着从生命到死亡之路的、隐约地在夜空飘荡而渺无踪影的

诗篇，

让我们在大白天前进和谱写的诗篇。

向印度航行

1

歌唱着我的时代，
歌唱着今天的伟大成就，
歌唱着工程师的坚固而轻巧的产品，
我们的现代奇迹，（古代笨重的七大奇迹已被胜过，）
在旧世界东方的苏伊士运河，
被它宏伟铁道所盘踞的新大陆，
内部已嵌入雄辩而文雅的电缆的海洋，
可是首先发言的，永远发言的，与你一起叫喊的，灵魂哟，
是过去！是过去！是过去！

过去——黑暗而深不可测的回顾哟！
那丰饶的深渊——那些酣睡者和黑影！
过去——已往的无限庞大哟！
因为，要不是过去的产物，又哪来的现今？
（像一个被形成和推进并经过某一界线仍继续下去的抛射物，
现今也全然为过去所形成，所推进。）

2

灵魂啊，向印度航行！

为亚细亚的神话，那些原始的寓言，提出印证。

不只是你，世界上骄傲的真理，
不只是你，现代科学的事实，
还有古代的神话和寓言，亚洲、非洲的寓言，
照得很远的精神光辉，不羁的梦幻，
潜得很深的传说和经典，
诗人们的大胆的设想，年长的宗教，
啊，你们这些比朝阳沐浴下的百合花更美丽的寺院！
啊，你们这些摒弃着已知事物和逃避着已知事物的控制而升上天去的寓言！
你们，带有尖顶、红如玫瑰的金光闪烁的巍巍高塔，
由凡人梦想塑造而成的不朽的寓言的高塔，
我也完全如欢迎其他一切那样地欢迎你们！
我也欢乐地歌唱你们。

向印度航行呀！
怎么，灵魂，你没有从一开始就看出上帝的目的？
地球要由一个纵横交错的细网联结起来，
各个种族和邻居要彼此通婚并在婚媾中繁殖，
大洋要横渡，使远的变成近的，
不同的国土要焊接在一起。

我歌唱一种新式的崇拜，
你们船长们，航海家们，探索者们，你们所有的一切，
你们工程师们，你们建筑师们、机械师们，你们所有的一切，

你们，不仅是为了贸易或航运，
而且以上帝的名义，是为了你啊，灵魂。

3

向印度航行啊!
瞧，灵魂，你面前有两个场景，
在一个中我看见已经开凿的苏伊士运河，
我看见一支船队，由皇后欧仁妮的船只率领，
我从甲板上观看到陌生的景致，纯净的天空，远处的平沙，
我迅速地经过那如画的人群，那些聚在一起的工人，
那些巨人般的疏浚机的姿影。

在另一个不同的场面，(可是属于你，同样都属于你哟，灵魂，)
我看见，跨越我自己的大陆、征服每一个障碍的太平洋铁路，
我看见接连不断的一列列车辆运载货物和旅客沿着普拉特河蜿蜒前进，
我听见火车头咆哮着飞奔，汽笛在尖叫，
我听见回声震颤着穿越世界上最壮丽的风景，
我横过拉勒米平原，我注意到种种奇形怪状的岩石、小小的山冈，
我看见茂盛的飞燕草和野生的洋葱头，以及荒瘠而苍白的长着鼠尾草的沙漠，
我瞥见远处或突然高耸在我面前的大山，我看见温德河和瓦萨山脉，
我看见石碑山和“鹰巢”，我经过“海角”，我登上内华达，
我瞭望威严的埃尔克山，并绕行于它的山脚，
我看见洪堡山脉，我穿过山谷，横渡河流，

我看见塔霍湖清澈的水面，我看见庄严的松树森林，
或者横渡大沙漠和含碱的平原，我看见湖海和草地的迷人的蜃景，
注意到穿越这一切之后，以两条很细的铁轨，
经过陆地上三四千英里的奔跑，
将东海和西海连接在一起，
那欧罗巴与亚细亚之间的大道。

（哎，你热那亚人[①]的梦，你的梦哟！
在你躺入坟墓几百年之后，
你所发现的海岸才给证实了。）

4

向印度航行呀！
许多个船长的斗争，许多个丧命的水手的故事，
它们悄悄地来到，在我心境的上空展开，
像高不可及的天上的浮云和霞彩。
沿着全部历史，顺坡而下，
像一条奔流的小溪时而下沉时而又上升，
一串连绵的思绪，一支多样的队列——瞧，灵魂，它们向你，在你的眼前升起，
又是那些计划，那些航行，那些远征；
又是瓦斯科·达·伽马出航！
又是那些获得的知识，航海家的指南针，
新发现的陆地和诞生的国家，你新生的美国，

① 发现新大陆的哥伦布是热那亚人。

为了宏伟的目的，人类长久的见习期已经完满，
你，世界的环绕已大功告成。

5

庞大的、在空间游泳的圆环哟，
到处覆盖着看得见的力和美，
日光和白天与那丰富的精神世界的黑暗相交替，
上面是太阳、月亮和无数星星的难以形容的高空队列，
下面是多种多样的青草、动物、山陵、树木、湖水，
出于不可理解的目的，某种隐蔽的预言家的意向，
如今头一次，我的思想好像在开始把你估量。

从亚细亚的花园里光芒四射地下来，
亚当和夏娃出现了，后面跟着他们的无数的子孙，
漫游着，热望着，满怀好奇地，带着永不安宁的探索，
带着沮丧的、无定形的、狂热的询问，带着永不愉快的心情，
带着那悲伤而持续不断的反复吟咏，不满的灵魂啊，你为了什么？嘲弄的生命啊，你何所追求？

啊，谁能使这些狂热的孩子平静呢？
谁来证明这些永不安宁的探索是正当的呢？
谁来说出这茫茫大地的奥秘呢？
谁来把它与我们结合？这个如此奇怪而孤单的大自然是什么？
这个地球对于我们的感情有什么意义？（一无所爱的、对于我们的心情无动于衷的地球，
冷酷的地球，坟墓聚集的处所。）

可是灵魂，请务必让最先的意图保留，并且一定要实现，

也许此刻时机已到了眼前。

在所有的海洋都横渡了之后，（它们好像已被渡过了，）

在那些伟大的船长和工程师完成了他们的工程之后，

在那些杰出的发明家、科学家、化学家、地质学家、人种学家之后，

最后一定会出现无愧于自己称号的诗人，

上帝的忠诚儿子一定会唱着自己的歌向我们走近。

那时就不仅你们，航海家、科学家、发明家哟，你们的行为被证明完全公正，

所有这些诸如焦渴的孩子们的心也将获得慰藉，

全部的慈爱将受到充分报答，秘密将被说明，

所有这些分离和间隙将受到处理，扣拢和连接起来，

整个地球，这个冷酷、无情、无声的地球，将被承认和证实，

神圣的三位一体将被上帝的忠实儿子诗人光荣地完成和结合得十分严密，

（他会真的越过海峡和征服高山，

他会绕过好望角去达到某个目的，）

大自然和人类将不再被离析和分散，

上帝的忠实儿子将把它们绝对地熔合在一起。

6

一年哟，我在它敞开的门前歌唱的一年！

一年哟，希望完成了的一年！

一年哟，各个大陆、地带和海洋结婚的一年！
（如今不只威尼斯共和国的总督在迎娶亚得里亚的公主，）
我看见了，一年哟，你身上那水陆共有的地球在获得和给予一切，
欧罗巴同亚细亚和阿非利加连接了，而它们都连接着新大陆，
那些国土、地势都在你面前跳舞，拿着一个节日的花环，
像新郎和新娘互挽着胳臂那样美满。

向印度航行呀！
凉凉的风从高加索远远吹来，使人类的摇篮为之平静，
幼发拉底河向前奔涌，历史又大放光明。

瞧，灵魂，回想在继续涌出，
地球上那些古老的、人口最稠密最富庶的国土，
印度河和恒河以及它们众多的支流，
（我今天行走在我的美国海岸上，看见并重温着一切的事物，）
亚历山大在他好战的长征中突然死亡的故事，
一边是中国，另一边是阿拉伯和波斯，
向南是大海和孟加拉湾，
那滔滔不绝的各种文学，宏伟的史诗，宗教，社会等级，
可以追溯到很远的古老神秘的梵天，温柔年少的佛陀，
中央和南部的帝国，以及它们所有的附属品，占有者，
帖木儿的征战，奥朗则布[①]的统治，
商人，支配者，探险者，穆斯林，威尼斯人，拜占庭，阿拉伯

① 在伊斯兰教统治印度时期一个篡夺父亲王位的君主，英国作家德莱顿的同名悲剧（1676）即以此为题材。

人，葡萄牙人，

至今还著名的第一批旅行者，马可·波罗，摩尔人白图泰，
有待解答的疑问，隐匿的地图，有待填补的空隙，
人类不停的脚步，永不休息的双手，
还有，灵魂哟，不能容忍任何挑衅的你自己！

那些中世纪的航海探险者在我眼前升起，
一四九二年的世界，连同它被唤醒的事业心，
人性中膨胀起来的、像春天土地的活力那样的东西，
衰微的骑士制度的黄昏美景。

而你，暗淡的阴影，你是谁呢？
巨人般的，梦幻般的，你本身就是个爱幻想的人，
有强大的四肢和虔诚发光的眼睛，
你的每一瞥视都给周围散布一个黄金世界，
给它染上瑰丽的霞晕。

当那位主要演员登上舞台，
在某个伟大的场景，
我看到支配着别人的船队司令本人，
（勇敢、行动、信心的历史典型，）
看见他领着他的小小船队从帕洛斯起航，
看见他的航程，他的归来，他的崇高的名声，
他的不幸，受诽谤，成为囚犯，拖着镣铐，
看见他的失意，贫穷，丧生。

（我恰巧好奇地站在那里，观望着英雄们的努力奋斗，
还要拖延很久吗？那种诋诽、贫穷和死亡很痛苦吗？
种子会埋在地里几个世纪无人过问吗？
瞧，它准时地响应上帝，在晚上起来，抽芽、开花，
将价值和美散遍天下。）

7

灵魂哟，是真正在向原始的思想航行，
不单是陆地和海洋，还向你自己的清新之境，
你那幼苗和花朵的早期成熟，
向那经典发芽的国土。

灵魂哟，不受约束，我同你和你同我，
开始你的世界周游，
对于人类，这是他的精神复归，
回到理性早期的天国，
返回去，返回到天真的直觉，到智慧的诞生地，
再次同美好的宇宙在一起。

8

啊，我们已再也不能等待，
我们也起航呀，灵魂，
我们也欢乐地驶入茫茫大海，
驾着狂喜的波涛无畏地驶向陌生之地，
在飘荡的风中，（灵魂哟，你紧抱着我，我紧抱着你，）
自由地吟咏着，唱着我们赞美上帝的歌，

唱着我们愉快的探险的歌。

以欢笑和频繁的亲吻，
（让别人去祈求赦免，让别人为罪愆、悔恨、羞辱而哭泣，）
灵魂哟，你叫我高兴，我叫你欢喜。

哎，灵魂，我们比任何神父都更加相信上帝，
但是对于上帝的神秘，我们可不敢儿戏。

灵魂哟，你使我高兴，我叫你欢喜，
无论是航行于这些大海或者在高山上，或者晚上醒着不睡，
思索，关于时间、空间和死亡的默默的思索，有如流水，
真的载着我像穿过无边的领域，
我呼吸它们的空气，听着它们荡漾的水波，让它们浑身洗浴我，
在你的心里洗浴啊，上帝，我向你升起，
我和我的灵魂一层层进入你的领地。

超凡的你啊，
不知名的，素质和呼吸，
光的光，流溢着宇宙万象，作为它们的中心，
你，真的、善的、仁爱者的更强大的中心，
你，道德的、精神的源泉——爱的溪涧——你蓄水的深潭，
（我的沉思的灵魂啊——没有满足的渴望啊——不是在那里等待吗？
那完美的伙伴不也在那儿什么地方等待着我们吗？）
你——星星，太阳，太阳系的脉搏；你——它们的动力，

它们旋绕着，有秩序地、安全而融洽地运动，
斜穿过浩渺无形的空际，
我该怎么想，怎么呼吸（即使仅仅一次），怎么说呢，
如果仅凭我自己，
我不能向那些更为高超的宇宙航去？

我一想起上帝就自觉渺小，无可奈何，
一想起自然和它的奇迹，时间、空间和死亡，
我就只好转而呼吁你，灵魂哟，你这实际的我，
而且你瞧，你轻轻地支配着这个星球，
你与时间匹配，对死亡满意地微笑，
并且满满地充塞着、增长着空间这无垠的寥廓。

啊，灵魂，你大过星星和太阳，
跳跃着出外旅行；
还有什么爱能比你的和我的扩充得更广？
还有什么抱负、愿望能胜过你的和我的，灵魂？
还有什么贞操、完美和力量的设计？什么理想的梦？
什么愿为别人而献出一切的精神？
为了别人便不惜一切的牺牲？

朝前想想吧，灵魂哟，当时机成熟，
所有的海洋都渡过了，海岬都经历了，航程完毕了，
你被包围，对付和抗衡上帝，终于服从，这时目的达到了，
那样满怀友谊和仁爱的长兄找到了，
在他的怀抱中，弟弟完全为爱所融化了。

9

航行到比印度更远的地方去呀!
你的翅膀真的丰满得能飞行这么远吗?
灵魂啊，你真的要做这样的航行?
你要在哪样的海岸上游戏?
你要探测梵文和吠陀经的底蕴?
那么，首先要解除那束缚你意志的禁令。

向你们航行呀，向你们的海岸，向你们老迈而凶狠的谜!
向你们航行呀，向你们的支配地位，你们这些逼死人的问题!
你们，到处散布着遇难船只的遗骸，它们活着时可从没抵达过你们那里。

航行到比印度更远的地方去呀!
大地和天空的奥秘啊!
你们海上波涛的奥秘啊! 蜿蜒的小溪与江河的奥秘啊!
你们林地与田野的奥秘啊! 你们，我的国土上的巍巍高山的奥秘啊!
你们大草原的奥秘啊! 你们灰白岩石的奥秘啊!
朝霞啊! 云彩啊! 雨雪啊!
白天和黑夜啊，向你们航行!
太阳和月亮以及你们全部的星星啊! 天狼星和木星啊!
向你们航行!

航行，赶快航行呀! 热血在我的血管里燃烧!

走啊，灵魂！赶快起锚！
把粗绳砍断——拉出来——抖开每一张风帆！
难道我们像树木生长在地上那样站在这里还不够长久？
我们趴在这里像畜生一样吃着喝着，难道还不够长久？
我们用书本把自己弄得头昏眼花，难道还没有弄够？

驶出去——专门驶向深水区，无所顾虑，
灵魂哟，向前探索，我同你、你同我紧靠在一起，
因为我们的目的地是航海者还没有敢去过的，
而我们甘愿冒险，不惜船只和一切，连同我们自己。

我的勇敢的灵魂哟！
更远更远地航行吧！
啊，大胆的欢乐，可是安全！难道它们不都是上帝的海面？
啊，航行，航得更远，更远，更远！

哥伦布的祈祷

一个备受打击的遭难的老人，
被抛弃在这蛮荒的海岸，远离家乡，
为大海和险恶的巉峻岩所禁锢，整一年了，
因历尽辛劳而痛苦、僵硬，病得几乎死亡，
为了散散这忧郁的心，
我沿着岛屿的周边闲逛。

我的悲伤太重了啊！
或许我已熬不过今夜；
上帝哟，我不能休息，我不能吃，不能喝，也不能睡，
直到我将我自己和我的祈祷再一次献给你，
再一次在你的怀中呼吸和沐浴，与你谈心，
再一次地向你倾诉我自己。

你知道我的全部历史，我的一生，
我那长期操劳的一生，不只是虔诚而已；
你熟悉我年轻时的祷告和祝祷的仪式，
你熟悉我壮年时严肃而富幻想的沉思，
你知道在我开始之前我怎样把未来的一切都献给了你，
你知道我年老时重申了那些誓言并信守不渝，
你知道我从没丧失对你的信念和入迷，
披枷带锁，身系狱中，受污辱，但并不埋怨，
接受那出自你的一切，它们应时来到我这里。

我的全部壮图中都充满着你，
我的打算和计划都按照你的旨意而开始和执行，
为你而航行于大海，跋涉于陆地；
意向、主旨和抱负是我的，但成果都归于你。

啊！我相信它们的确是从你而来，
那冲动，那热情，那不屈的意志，
那强大的、感觉到了的、比言语更有力的内在控制，
一个来自上天的、甚至在梦中也向我耳语的信息，

所有这些都促使我向前不止。

由于我和这种种，至今的工作得以完成，
由于我，那些饱腻而窒息的比较古老的国土得以疏松和获释，
由于我，两个半球合成了圆球，未知才变为已知。
结果我不知道，这完全在你，
或大或小，我不知道——也许是什么广阔的田野，什么地带，
也许我所认识的人类下层那种粗野的无限繁殖，
被移植到那里会长大成材，获得无愧于你的知识，
也许我所熟悉的剑在那里会真的化为犁铧，
也许我所认识的那个无生命的十字架，欧罗巴的死了的十字架，会在那里发芽，开花，结实。

再奋斗一次，我的祭坛便是这荒凉的沙滩；
而你，上帝哟，你把我的生命点燃，
用你稳定的、不可言喻的、恩赐的光线，
那罕见而难以描述的点燃了光线本身的光，
那远非笔墨和语言所能叙说的光源，
为此，上帝啊，请让我进最后一言，我跪在这里，
我老迈、贫穷而瘫痪，向你表示内心的铭感。

我的终点近了，
乌云已经在把我包围，
航行受到挫折，航线争执不定，完了，
我把我的船队交给你。

我的双手和肢体已经麻痹，
我的脑子被折磨得几近昏迷，
让这老朽的船骨散裂吧，可我不愿离开，
我要紧抱着你，上帝啊，尽管浪涛不停地冲击，
我至少还认识你呀，认识你。
我说的是预言者的思想吗？或者我是在胡言乱语？
我懂得哪些生活的事，哪些我自己的事呢？
我甚至连我过去或现今的工作也不明白，
我面前展示着的对它的永远变化的种种猜度，
还有对于新的较好世界及其强大分娩的猜度，
在捉弄我、迷惑我。

而我突然看见的这些东西，它们意味着什么呢？
一只神圣的手把我眼睛上的封条揭开了，仿佛出现了奇迹，
一些朦胧的巨大形象微笑着，穿过天空和大气，
无数的船只在辽阔的海涛上航行，
我听见一些新的语言的赞歌在向我招呼致意。

睡眠者

1

我在我的梦幻中整夜漫游，
轻轻地走着，迅速而无声地走走停停，
睁着眼俯身看着那些睡觉人的闭着的眼睛，
徘徊着，感到困惑，神情恍惚，错乱，自相矛盾，

暂停片刻，凝视着，俯着身子，不再前行。

他们在那里伸着身子一动不动，显得多么肃静，
他们的呼吸多么轻匀，那些摇篮里的小孩们。

那些倦怠者的痛苦的面容，僵尸的苍白的面容，醉汉们的发青的脸，手淫者的死灰色的脸，
那些战场上的重伤的人体，紧关在房子里的精神病人，圣洁的白痴，在大门口出现的新生儿，在大门口出现的垂死者，
黑夜渗透着他们，包围他们。

一对夫妻安睡在他们的床上，他的手搁在他妻子的腰臀上，她的手搁在她丈夫的腰臀上，
两姐妹并排着在她们的床上睡眠，
男人们在床上亲热地并肩而睡，
母亲同她的包得很严实的婴儿睡在一起。

盲人睡了，聋子和哑巴睡了，
犯人在牢狱里睡得很好，逃跑的儿子也睡了，
第二天就要被绞死的杀人犯，他怎么睡呢？
还有那个被谋杀的人，他怎么睡呢？

那个害单相思的女的睡了，
那个害单相思的男的也睡了，
那个整天想法子赚钱的人的头脑睡了，
那些愤激和奸诈的人，也全都睡了。

我在黑暗中低垂着眼皮，站在那些最痛苦和最不安的人身边，
我把双手在离他们几寸的地方爱抚着来回移动，
那些焦躁不安的便躺在床上了，他们睡睡醒醒，仍不安宁。

现在我看透黑暗，新的人物出现了，
大地从我面前退入了黑夜，
我发现它是美丽的，我发现大地以外的一切也是美丽的。

我从床边走到床边，我轮流地同每个人挨肩睡着，
我在梦中梦着所有别的做梦者的梦，
而且我变成了别的做梦的人。

我是一种舞蹈——就在那里跳呢！这一阵子高兴叫我旋转得多么快呀！

我是那永远的笑声——它是新月和黄昏，
我看见那种文雅的躲避，我朝无论什么方向都看得见灵巧的幽灵，
在陆地和海洋深处，在非海非陆的地方，躲躲藏藏地闹个不停。

那些神妙的雇工把他们的工作做得很好，
只是他们什么也瞒不过我，他们即使能够也不愿意这样做，
我觉得我是他们的老板，他们也十分宠爱我，
在我走路时围绕着我，领着我，跑在我的前头，
还掀开他们的巧妙的遮盖，用伸长的两臂指示我，又往前走，

我们继续向前，一群快活的流氓！一路欢叫着歌唱着，打着狂飞乱舞的欢乐的旗号。

我是男演员，女演员，选民，政客，
移民和放逐者，站在被告席上的犯罪者，
一个已经出名的人和今天以后就要出名的人，
口吃的人，体格健美者，消瘦的或虚弱的个儿。

我是个把自己打扮好的女人，拢好了头发在等着，
我的游荡的情人来了，已经是天黑的时候。

黑暗呀！请以加倍的黑暗接受我，
接受我也接受我的情人，他不会让我一个人过。

我像在床上一样在你身上翻滚，我把我自己委弃给夜雾沉沉。
我叫唤的那个人回答我，并替代了我的情人，
他和我悄悄地从床上起身。

黑暗，你比我的情人更温柔，他浑身流汗，而且大声喘气，
我还感觉得到他留在我身上的热腾腾的潮湿。

我的双手摊开，我让它们到处抚玩，
我要唤醒你正在走向的那朦胧的河岸。

当心呀，黑暗！那已经触到我的是什么呢？
我以为我的情人已经走了，要不然黑暗和他是同一种东西，

我听见心跳的声音，我跟着，我消失了。

2

我走上西去的道路，我的筋肉松弛了，
芳香和青春从我身上经过，我只是它们的尾波。

那是我的又黄又皱的脸，而不是一个老妇人的，
我坐在一张矮矮的草垫椅子里，细心地缝补我孙儿的袜子。
那也是我，那个望着冬天午夜的、失眠的孤孀，
我看见冰冻惨白的大地上那闪闪的星光。

我看见一件尸衣，我就是那尸衣，我裹好一个躯体并躺进棺材，
这是黑暗的地下，这里没有罪恶或痛苦，由于某些原因这里是一片空白。

（在我看来，光和空气中的一切都应当是幸福的，
无论谁，只要他不在棺材和黑暗的坟墓里，就让他知道他该满足了。）

3

我看见一个美丽而高大的游泳者赤身在海的漩涡里游泳，
他的棕色头发平整地贴在头上，他用勇敢的双臂划着水，用两腿推着他自己前进，
我看见他那雪白的身子，我看见他那无畏的目光，
我憎恨那些急转的漩涡，它们会使他迎头撞击在岩石上。

你们在干什么，你们这些凶狠的带鲜血的波浪？

你们要杀死那个勇敢的巨人吗？你们要让他正当壮年时死亡？

他坚定地久久地争斗，

他受到挫折，受到冲击，受了伤，但是他坚持着，当他的力量还能支持的时候，

那激荡的漩涡中混杂着他的鲜血，它们把他冲开，它们使他翻滚，摔着他，转着他，

他那美丽的身子给卷在旋转的涡流里，它在岩石上不断地撞伤着，

那具勇敢的尸骨很快就被卷走，看不见了。

4

我转动着，但没有让自己挣脱，

迷惑不解，将过去辨认一次，又一次，但仍然在暗中摸索。

海滩被剃刀般的雪风切割着，遭难的船只发出枪声，

风暴暂停了，月亮从聚集的乌云中露出身影。

我望着船只可怜地一头直撞的地方，我听见它撞击爆裂的声音，我听见凄惨的号叫，叫声渐渐地消隐。

我扭着双手恨不能援助，

我只能冲向波涛，任它浇湿我并在我身上结成冰凌。

我与大家一起搜寻，那群人中连一个也没有活着漂起，

到早晨我才帮着打捞死者，把他们一排排放在仓房里。

5

现在谈往昔的战争时期，在布鲁克林的败仗，
华盛顿站在队伍里，他与一群军官站立在筑有工事的小山上，
他的脸是冷峻而潮湿的，他禁不住眼泪汪汪。
他不断地把望远镜举到眼前，他的两颊已失去血色，
他看见南部父母交托给他的勇士们在纷纷阵亡。
最后还是那样，最后宣告和平，
他站在那家老酒店的房间里，那些最心爱的士兵们全部从那里走过，
军官们轮流着沉默而缓缓地靠近，
统帅伸出胳臂抱着他们的头颈，在他们面颊上亲吻，
他轻轻地一个个地吻他们泪湿的脸颊，他同他们握手，告别他的大军。

6

现在讲有一天我们在一起吃午饭时我母亲告诉我的事体，
说那时她快要长大成一个姑娘，同她的父母住在故乡老宅里。

一天早餐时，一个红印第安女人来到那古老的住宅中，
她背上背负着一捆做椅垫用的灯芯草，
她的头发挺直发亮，又粗又黑，而且浓密，半遮着她的脸孔，
她的脚步灵活而有弹力，她说话的声音很优美动人。

我母亲又惊又喜地望着这个陌生人，

她注视着她那张鲜润的高颧骨的脸和丰满柔韧的四肢，
她越看越喜欢她，
因为她从没见过这样惊人的美丽而淳朴的女子，
她让她坐在壁炉旁边的条凳上，给她做吃的东西，
她没有工作给她做，但是给了她纪念和欢喜。

那个红印第安女人整个上午都待在那里，到下午晚些时才走了，
啊，我母亲多么不愿意让她走，
那个礼拜她成天想她，她好几个月盼望她，
她许多个冬天和夏天都把她记着，
但是那个红印第安女人再也没有来，也从此没有消息了。

7

一派柔和的夏季风光，某种东西的看不见的接触——一种阳光和空气的爱恋，
我羡慕友情，并为友情所压倒，
我自己想出去与阳光和空气一起逍遥。

啊，爱与夏天，你们是在梦中，在我身上，
秋天和冬天也是在梦中，农人有他的希望，
牲口和收成增加了，粮食装满了谷仓。
风雨在夜间消失，轮船在梦中行驶，
水手在扬帆，流放者回到家里，
逃难的安全归来，移民在若干岁月以后归来，
穷苦的爱尔兰人住在他童年时代的简陋房子里，同熟悉的邻居和人们在一起，

他们亲热地欢迎他，他又打赤脚，忘记了如今他已经稍稍富裕，

荷兰人航海回家，苏格兰人和威尔士人航海回家，地中海的土人也航海回家，

到英国、法国、西班牙的每个港口，钻进拥挤的船只，

瑞士人步行到他的山乡去，普鲁士人上了路，匈牙利人上了路，波兰人也上了路，

瑞典人回来，丹麦人和挪威人也回到家里。

回家来的和出外去的，

那遭难的美丽的游泳者，那倦怠者，那手淫者，那单相思的女性，那个赚钱的人，

那个男演员和女演员，那些已经演出过的和那些等待演出的，

那个热情的孩子，那对夫妻，那个投票人，那个当选的被提名人和那个失败了的被提名人，

那个已经出名的大人物和那个今天以后任何时候都可能出名的大人物，

那个口吃者，那病人，那形体健美的人，那个平凡人，

那个站在被告席上的犯人，那个坐着并判他死刑的法官，那些口若悬河的律师，那位陪审官，那些听众，

那笑的和哭的，那跳舞的人，那个半夜的寡妇，那个红印第安女人，

那肺痨患者，那丹毒患者，那白痴，那个受冤屈的人，

在地球对面的人，以及这里和他们之间黑暗中的每一个人，

我敢说他们现在平等了——谁也不比谁更加优越，

黑夜和睡眠使他们彼此相像并恢复了原形。

我敢说他们都是美丽的，
每个睡觉的人都是美丽的，每个昏暗中的东西都是美丽的，
那些最野蛮最残忍的已经过去，到处是和平。

和平永远是美丽的，
天堂的神话表示和平与黑夜。

天堂的神话说明了灵魂，
灵魂永远是美丽的，它显露得或多或少，它来了或迟迟落后，

它从它的荫蔽的花园到来，快乐地看着自己并拥抱世界，
那完美洁净的生殖器过早地喷射精液，那完美洁净的子宫密切配合，
那头颅长得很好，匀整而端正，内脏和关节也完全合格。
灵魂永远是美丽的，
宇宙会变得井井有条，一切都各得其所，
那已经到来的早已就位，那还在等待的也将到位，
那扭着的头颅在等候，那透明的或腐败的血液在等候，
那贪食者或性病患者的孩子长久地等着，酗酒者的孩子长久地等着，酗酒者自己也长久地等着，
那些活着的或死了的睡眠者等着，那些前进得很远的人到时候将继续前进，那些远远落后者到时候也会来临，
那些多样的将仍然多样，但是它们将流动并且联合——它们现在就联合。

8

那些脱光了衣服躺着睡觉的人是非常美丽的，

当他们脱了衣服躺着时，他们手拉着手在全世界从东到西地流动，

亚洲人和非洲人手拉着手，欧洲人和美洲人手拉着手，

博学的和没有学问的人手拉着手，男性和女性手拉着手，

姑娘的裸露的手臂横放在她情人的裸露的胸脯上，他们平静地紧紧地靠着，他的嘴唇贴着她的头颈，

父亲无比亲爱地用两臂抱着已经长大或没有长大的儿子，儿子无比亲爱地用两臂抱着父亲，

母亲的白发在女儿雪白的手腕上闪光，

孩子的呼吸与大人的呼吸合在一起，朋友被朋友搂在怀中，

学生亲吻着教师，教师亲吻着学生，受冤屈的人得到了纠正，

奴隶的呼声和主人的呼声相一致，主人向奴隶敬礼，

重罪犯从监狱里走出，疯子变成了清醒的人，

病人的痛苦解除了，

出汗和发烧已经停止，犯病的喉咙健康了，肺痨病人的肺部得到了康复，剧痛的头也不再疼痛，

风湿病患者的关节又能像从前一样轻灵地活动，并且比以前更轻灵，

障碍和通道打开了，瘫痪变成了柔顺，

肿胀的、痉挛的和充血的都恢复了原状，

他们经过黑夜所给的活力和黑夜的化学作用，都已经清醒。

我也经历了黑夜，

我离开你一会儿，啊，黑夜，但是我又回到你身边，并且爱你。

我为什么要害怕把我自己交托给你呢？

我不害怕，我已经被你好好地带着前进，

我爱那丰富而奔忙的白天，但是我不会舍弃她的我在其中躺了这么久的胸襟，

我不知道我怎样从你而来，我不知道我同你到哪里去，
但是我知道我来得顺利，去得也称心。

我只跟黑夜停留一个时候，然后及时早起，
我要准时度过白天，啊，我的母亲，然后又回到你那里。

神圣的死亡的低语

现在你敢吗，啊，灵魂？

现在你敢吗，啊，灵魂？
跟我一起走向那无人去过的地区，
那里既没有立足之地，也没有可以通行的道路。

那里没有地图，也没有向导，
没有人的声音，也没有人手的接触，
那地方没有血色红润的脸，或者嘴唇和眼睛等物。

我不知道那地方，啊，灵魂，
你也不知道，在我们眼前是一片空廓，
在那个地区，那不可接近的地方，一切连梦中也不曾见过。

直到束缚解开的时候，
除了永恒的束缚，时间和空间，
既没有黑暗、重力、意识，也没有限制我们的任何界限。

然后我们霍然出现，我们浮游，
在时间和空间中，啊，灵魂，你已经准备好接受它们，
最后一切平等，装备齐全了，（啊，欢乐，啊，一切的后果！）为了去成就它们，啊，灵魂。

神圣的死亡的低语

我听见神圣的死亡的喃喃低语，
黑夜唇音的闲谈，齿音的合唱曲，
轻轻上升的步履，神秘的微风柔和地吹拂，
看不见的河流的涟漪，永不停息的水流的涨落，
（或者那是眼泪溅起的浪花，人类泪水的浩瀚的平湖？）

我看见，仰天看见巨大的云朵，
它们忧伤地慢慢翻滚，默默地扩大又彼此混合，
时而，有一颗半明半暗的悲戚的星星，
在远处出现又隐没了。
这毋宁说是一种分娩，一种庄严不朽的诞生；
在眼睛望不到的地方，
有个灵魂正飞越边境。

一只默默坚忍的蜘蛛

一只默默坚忍的蜘蛛，
我注意它在一个小小海岬上栖留，
注意到它怎样向那巨大空阔的四周探索，
它从自己体内抽出一根一根又一根的细丝，
不断地抽着，永不疲倦地加快地抽着。

而你，啊，我的灵魂，你栖留的地方，

被空间的茫茫无际的海洋所包围和隔绝，
你不断地沉思，冒险，探索，寻觅天体来连接这一片空茫，
直到你所需要的桥梁被构成，直到那只柔韧的锚给抛定，
直到你，啊，我的灵魂，你投出的游丝在什么地方挂上。

大草原之夜

大草原之夜，
晚餐吃过了，篝火已渐渐微弱，
疲惫了的移民裹在毯子里睡着了；
我独自漫步——我站着观望那些星星，那是我现在觉得我以前从没认识过的。

现在我吸取永生与和平，
我羡慕死亡，并且试验各种的可能性。

多么丰富！多么富于灵性！多么深得要领！
还是那个老人和灵魂——还是那些原来的渴望，还是那种满足之情。

我还是以为白天最灿烂辉煌，直到我看见非白天所展示的情状，
我还是以为这个地球已经足够，直到我周围蹦出那么许多别的无声的地球。

如今，既然那些空间和永恒的伟大思想注满了我，我便要用它

们来衡量我自己，

如今，既然接触到了其他星球上的与地球上的一样迢迢到来的生命，

或者那些等待着到来或已经比地球上的生命走得更远的生命，

我从此便不再漠视它们，就像不漠视我自己的生命，

或地球上那些与我的生命同时到达的生命，或正在等待到达的生命。

啊，我如今明白了，生命就像白天那样并不能向我展示全体，

我明白了，我还得等待那些将由死亡展示出来的东西。

最后的祈求

最后，轻轻地，
从那拥有强大堡垒的房屋墙壁里，
从那重重套着的铁锁后，从门户紧闭的看守中，
让我飘出去。

让我悄悄地溜出，
用柔软的钥匙打开铁锁——低低地说一声，
把那些门敞开啊，灵魂。

轻轻地——不要心急，
（啊，凡人的血肉，你的威力强大无比，
啊，爱情，你的威力强大无比。）

从正午到星光之夜

脸

1

在街头闲逛，或者骑马在乡村小路上走过，看哪，这样一些脸呀！

友好的、精细的、谨慎的、和蔼的、理想的脸，

那充满灵性和预感的脸，那到处受欢迎的普通而仁慈的脸，

那歌唱着音乐的脸，那些后脑宽阔、天生是律师和法官的庄严的脸，

那些前额凸出的猎人和渔夫的脸，那些正统公民的刮得发青的脸，

那些纯洁的、夸张的、渴望的、好问的艺术家的脸，

某个优美灵魂的丑陋的脸，那被憎恶或受鄙视的漂亮的脸，

婴儿们的圣洁的脸，多子女的母亲的发光的脸，

一个恋爱者的脸，充满尊敬的脸，

像梦中一样的脸，如岩石般坚硬的脸，

隐匿了善与恶的脸，一张被阉割了的脸，

一只猛鹰，他的翅膀已经被剪掉，

一匹雄马，他最后屈服于阉割者的绳索和小刀。

就这样在街头闲逛，或者横过永不停息的渡口，那么多的脸呀，脸呀，脸呀，

我看着它们，从不抱怨，我满足于这所有的脸。

2

你以为我会满足于这一切吗，如果我觉得它们本身便是它们的结局？

而这张脸对于一个男人来说是太可悲了，
有只卑污的虱子在上面畏缩地苟且偷生，
有只乳白鼻子的蛆虫在上面感恩地蠕动，

这张脸是个嗅着垃圾的狗鼻子，
毒蛇在它的嘴里栖息，我听见那咝咝的叫声。

这张脸是一团比北极海更冷的迷雾，
它那睡眼蒙眬地摇晃着的冰山在嘎吱嘎吱地移动。

这是一张长满苦药草的脸，是催吐剂，它们用不着标签，
药架上还有别的，如生橡胶，猪油，或鸦片酊。

这是癫痫病人的脸，它那说不成话的舌头发出奇怪的喊叫，
它那脖子上的脉管膨胀着，眼球转动得只露出白的部分，
牙齿咬得咯咯响，紧握着的指甲扎进了手心，
那男人倒在地上挣扎着，口吐白沫，但意识仍然清醒。

这张脸被恶鸟和害虫咬坏了，
这是某个杀人犯的半出鞘的利刃。

这张脸还欠着看墓人最低的工资，
一口丧钟在不停地悲鸣。

3

我的同辈们的面貌，你们想用布满皱纹和死尸般灰白的进行曲

来骗我吗?

不过，你们骗不了我。

我看得见你们那浑圆的永远抹不掉的潜流，

我看得见你们那憔悴而卑鄙的伪装底下的轮廓。

你们尽管伸展和扭曲，像游鱼或野鼠将头部和前肢胡乱摆弄，

你们的假面也一定被揭开，一定。

我看见疯人院里那肮脏透了和流着口水的白痴的脸，

而且我幸知道他们所不知道的事情，

我知道是哪些管理人榨干并损害了我的兄弟，

就是这些人在等着从那倒塌的房屋里清除废品，

我将在二三十个年代以后再来看看，

我将遇见那个完美无损的真正房东，一个和我全然一样的好人。

4

上帝在前进，不停地前进，

影子永远在前，那只伸出的手永远将落后者拉近。

从这张脸上出现了旗帜和战马——啊，好极了！我看见即将发生的事情，

我看见高高的先驱者桂冠，看见值勤清道夫手中的木棍，

我听到胜利的鼓声。

这张脸是一条救生船，

这是张发号施令的长着胡须的脸，它不要求别人照应，

这张脸是香气扑鼻、供人品尝的果子，

这张脸属于一个健康诚实的少年，是一切善的纲领。

这些脸无论睡着或清醒都能做证，
它们显示自己是主人自身的子孙。
我说过的那个词没有例外——红人、白人、黑人，都有神性，
每所房子里都有卵细胞，一千年后它便会出生。

窗上的污点和裂缝并不使我烦闷，
那后面站着的又高大又胜任，并向我示意，
我读懂了这诺言，便耐心久等。

这是一张盛开的百合花脸庞，
它向那个靠近花园栅栏的腰身柔韧的男人把话讲，
来呀，她羞答答地叫道，到我这儿来，你这矫健的男人，
站在我旁边，让我抻长身子高高地靠在你身上，
请用发白的蜜汗把我灌满，向我低下头来，
用你那惹弄人的胡须触摸我的胸脯和肩膀。

5

一个多子女的母亲的老脸，
嘘！这完全满足了我的心愿。

星期天早晨的烟雾平静而迟缓，
它低低悬挂在篱边那一排排树木的梢头，
它薄薄地悬浮在树下那些黄樟、野樱桃和蒺藜上面。

我看见晚会上那些盛装的贵妇人，
我听见歌唱家一直在唱着的歌曲，
我听出是谁从白色水沫和蔚蓝色水波中跳入红色的青春。

看哪，一个女人！
她从她的奎克教徒帽子下向外张望，她的脸比蓝天更美更清新。
她在农舍中带遮盖的阳台上一把扶手椅里坐下，
太阳直照着她那白发苍苍的头顶。

她那宽大的长袍是用乳白色亚麻布做的，
她的孙子们种植了亚麻，她的孙女们用卷线杆和纺轮给纺好了。

大地的性格像曲调般优美，
那是哲学也不能超越和不愿超越的极境，
是人类堂堂正正的母亲。

别离的歌

现代的岁月

现代的岁月！还未上演过的节目的岁月，

你的地平线出现了，我看见它为了更加庄严的戏剧而分开，

我不只看见美利坚，不只是自由的国家，还有其他准备着的国家，

我看见盛大的进场和退场，新的组合，种族的团结，

我看见那种拥有不可抗拒的权势的力量在世界舞台上前进，

（那些旧的力量、旧的战争已经表演完它们的角色了？那些适合于它们的场景已经完了？）

我看见全副武装的、胜利的和十分傲慢的自由，它的一边是法律，另一边是和平，

这个惊人的三位一体，一齐出来反对等级的理论；

我们这样迅速地接近的是什么历史结局呢？

我看见人们成百万地朝着正反两个方向走去，

我看见古老贵族制度的边境和疆界已经崩溃，

我看见欧罗巴帝王的界标已被拔除，

我看见今天人民的界标在开始树立，（别的一切都让路；）

从没见过像今天这样提出如此尖锐的问题，

从没见过一个普通人，他的灵魂，有这么强大，更像个上帝，

瞧，他在怎样鼓舞着，鞭策着，不让群众有片刻休息！

他的无畏的脚步踏遍陆地和海洋，他占领太平洋和那些群岛，

用轮船、电报、报纸，大批的战争机器，

用这些和遍布世界的工厂，他把整个地理，把所有的国家都联结起来了；

啊，你们各个国家，这些在你们前面奔跑、在海底经过的是什

么样的低语呀？

是不是所有的国家都在交往？地球将只有一个心脏？

人类正在形成一个集体？因为看哪，暴君们发抖了，王冠黯然失色了，

不安静的大地面对一个新的时代，也许是一场普遍的神圣战争，

谁也不知道下一步会发生什么，白天黑夜都充满这样的预兆；

预兆性的岁月呀！我走的时候空间在我前面，我试着穿透它终归徒然，它到处是幽灵，

尚未出世的事业，即将发生的事情，在我周围投下它们的形影，

这种难以相信的混乱和高温，这种奇怪的梦想的狂热，啊，岁月！

你的梦想，啊，岁月，它们是怎样渗透着我呀！（我不知道我是睡着了还是醒着；）

已经上演过的美利坚和欧罗巴渐渐暗淡了，退到了我背后的阴影中，

那些还没有上演过的，空前巨大的，正在前进，朝着我前进。

惠特曼年表

1819年　5月31日诞生于纽约长岛亨廷顿区的西山村。父亲老沃尔特·惠特曼是建筑木工；兄弟姐妹共九人，小惠特曼排行第二。

1823年　惠特曼一家迁到布鲁克林，最初住在渡口附近的前街。

1825年　法国革命活动家、美国独立战争志愿参加者拉法耶特（1757—1834）访问布鲁克林，7月4日在一公共场所偶尔抱了小惠特曼一会儿，诗人终生引为荣耀。

1825—1830年　在布鲁克林公立学校上学。

1830—1831年　先后在一家律师事务所和一家医生诊所当勤杂工。

1831—1835年　先后在《长岛爱国者》报社、沃辛顿印刷公司和《长岛之星》报社当印刷工学徒和排字工。

1833年　家人迁回乡下，但惠特曼继续留在《长岛之星》报社。

1835年　5月12日至翌年5月在纽约市一些印刷所工作。

1836—1838年　先后在长岛的东诺威奇、汉普斯特德、巴比伦、朗斯瓦普、史密斯镇等地的乡村学校教书，在史密斯镇时积极参加当地辩论协会的活动。

1838—1839年　在亨廷顿创办和出版《长岛人》周报。

1839—1840年 在长岛贾梅卡《民主党人》报社当排字工，并在该报发表诗歌和小品文。

1840—1841年 参加民主党人范布伦竞选总统的活动，同时继续在《民主党人》发表诗作。

1841年 5月赴纽约，在《新世界》当排字工；6月在市府公园一次民主党人集会上发表演说；8月开始在《民主评论》发表短篇故事。此后数年常给纽约几家著名报刊如《百老汇日报》《美国评论》《纽约太阳报》《哥伦比亚杂志》等投稿，到1945年已发表15篇以上的短篇故事和速写，以及中篇《富兰克林·伊凡斯》(1842)。

1842年 先后在《曙光》和《饶舌者晚报》当编辑。

1843年 任《政治家》编辑。

1844年 任《纽约民主党人》编辑，10月到《纽约镜报》工作。

1845—1846年 在《长岛之星》报社工作。

1846—1848年 任布鲁克林《每日鹰报》编辑，成为歌剧爱好者。

1848年 1月离开《鹰报》，2月11日与弟弟杰夫赴新奥尔良，就任《新月》编辑；5月24日辞职北返，沿密西西比河经大湖区和哈德孙流域，6月15日抵布鲁克林。

1848—1849年 主编“自由土地”派的报纸《布鲁克林自由人》，1849年9月被迫辞职。

1849年 6月由颅相学家劳·福勒看了颅相；在家开办印刷所和书店。

1850—1854年 在布鲁克林经营房屋建筑，参加木工劳动。1850年与父亲重访西山村故居；发表《起义之歌》等短诗四首。1851年3月31日在布鲁克林艺术协会发表讲演。

1855年 5月15日申请《草叶集》出版许可证;6月4日左右《草叶集》初版自费出版。7月11日左右父亲去世。7月21日爱默生发来祝贺诗集出版的“感谢信”。9月17日蒙·康韦来访。12月11日爱默生来访。

1856年 2月在布鲁克林再次会晤爱默生。八九月间《草叶集》二版自费出版。11月阿尔科特和梭罗来访。《论第十八届总统选举》于是年写成，但未能出版。

1857—1859年 任布鲁克林《时代日报》编辑。1859年夏天失业，常去纽约浦发夫餐馆访问，陷入“第一次精神危机”，写组诗《芦笛》和《亚当的子孙》。

1860年 《草叶集》三版由出版商塞瑶-埃尔厥奇在波士顿出版。3月诗人赴波士顿看清样，与爱默生讨论“性诗”，拒绝后者关于撤去《亚当的子孙》组诗的建议。在波士顿时结识奥康纳和特罗布里奇。

1861年 塞瑶-埃尔厥奇出版社破产,《草叶集》印版落入一不法出版商手中，被不断偷印盗卖。

是年4月内战爆发，诗人立誓要“锻炼出一个纯洁而强壮的身体”；开始访问纽约医院的伤兵，同时逐渐脱离与浦发夫餐馆的联系。

1862年 12月14日得到弟弟乔治受伤的消息，立即赴弗吉尼亚前线寻访；年底回华盛顿，与奥康纳重逢。

1863—1864年　定居华盛顿，成为陆军医院的义务护理员，同时在军需处做抄写工作以维持生计。1863年结识布罗斯。1864年夏因病回布鲁克林，在家休养半年。

1865年　1月被任命为内政部印第安事务司办事员。4月林肯被暗杀，诗人着手写挽诗《当紫丁香最近在前院开放》。6月底被内政部长哈兰无理解雇，随即转为司法部长办公室职员。10月《桴鼓集》及续编（林肯挽诗）出版。

1866年　奥康纳为抗议哈兰对诗人的解雇而写的《鬓发苍苍的好诗人》出版。

1867年　《草叶集》四版问世，威廉·罗塞蒂发表评论文章。布罗斯的第一本传记《略论作为诗人与人的惠特曼》出版。《民主展望》第一部分《民主论》在《银河》发表。

1868年　威廉·罗塞蒂编选的《惠特曼诗选》在伦敦出版。奥康纳出版《木匠》，隐约地把惠特曼写成现代基督。《民主展望》第二部分《个人人格至上论》发表。

1869年　安妮·吉尔克利斯特夫人读到惠特曼的诗。

1870年　吉尔克利斯特夫人的文章《一位英国妇女对惠特曼的评价》在波士顿的《激进者》月刊发表。《民主展望》初版出书。

1871年　《草叶集》五版及小册子《向印度航行》问世。收到史文朋的一首颂诗、丁尼生一封表示友好的信和吉尔克利斯特夫人的求爱书。在“美国学会”展览会上献诵《毕竟不只是要创造》(即《展览会之歌》)。《民主展望》被译为丹麦文。

1872年　在达特茅斯学院毕业典礼上献诵《像一只自由飞翔的大鸟》(即《母亲，你与你的平等的儿女》)。因黑人选举权问题与奥康纳发生严重争吵。在经历了一年多的征象后终于发病；写下第一个遗嘱。

1873年　1月23日晚上中风，导致偏瘫。2月间弟媳玛莎病死。5月母丧。6月离职到新泽西州坎登镇休养，从此寄居在弟弟乔治家达十年之久。结识青年作家特罗贝尔。

1874年　7月被解除政府机关职务，陷入贫病交困之境。发表《红杉树之歌》和《哥伦布的祈祷》。

1875年　结识青年印刷工哈利·斯塔福。在斯塔福农场度过夏天，健康状况好转。11月与布罗斯访问华盛顿，参加爱伦·坡的公葬仪式。

1876年　由于《西泽西新闻》1月26日的一篇文章，英美两国文化界发生关于惠特曼在美国是否受歧视的争论。建国百周年纪念集出版，包括上下两卷，即《草叶集》六版和《双溪集》。罗塞蒂与吉尔克利斯特夫人在英国推销两卷集，予诗人以有力支援。9月，吉尔克利斯特夫人全家到达美国，寓居费城，惠特曼常往访问。

1877年　1月，在费城托马斯·潘恩纪念会上发表讲演。2月，纽约的朋友们为诗人举行招待会。赴纽约埃索浦斯访问布罗斯家。5月至7月，英国青年作家爱德华·卡彭特、加拿大医生理查德·布克博士先后来访，后者成为诗人晚年最密切的朋友。

1878年　夏末，诗人朗费罗来访。

1879年　4月在纽约发表纪念林肯的演说。6月7日吉尔克利斯特夫人一家动身返英，行前在纽约与诗人单独晤谈一次。9月赴西部旅行，所到之处包括托皮卡、洛基斯、丹佛、犹他、内华达；归途在圣路易斯弟弟杰夫家滞留三个月，翌年1月返抵坎登。

1880年　6月赴加拿大访问布克博士，并乘船往圣劳伦斯旅游，10月回到坎登。

1881年　4月赴波士顿发表纪念林肯的讲演，回访朗费罗。7月与布克博士访问长岛故乡。8月再赴波士顿，看《草叶集》七版清样，访问康科德，受到爱默生夫妇款待。11月《草叶集》七版由奥斯古德出版公司在波士顿出版。

1882年　1月19日奥斯卡·王尔德来访。2月费城“坏书查禁协会”宣布《草叶集》七版“有伤风化”，5月奥斯古德决定停止出书，印版交作者处理，后由戴维·麦凯重印，并出版《典型日子》。

3—4月朗费罗和爱默生相继去世，惠特曼为文悼念。

1883年　布克博士在诗人协助下写成的传记《沃尔特·惠特曼》出版。

1884年　春天，以《草叶集》新版收入购得坎登米克尔大街328号住宅，随即迁入。6月卡彭特再次来访。

1885年　英国批评家埃德蒙·戈斯来访。朋友们鉴于诗人外出艰难，捐赠一辆小马车和一匹小马。

1886年　5月收到英国朋友们捐赠的850美元；不久波士顿的朋

友们捐来800美元，供诗人购置避暑别墅。年底又收到英国《蓓尔美尔》报送来的80英镑新年赠礼。

1887年　4月在纽约麦迪逊广场剧院发表纪念林肯的演说，门票收入600美元。艺术家托马斯·伊金斯等为诗人画像。

1888年　6月初再度中风。开始受到特罗贝尔的经常照顾并逐日记录谈话，同时在他的帮助下编辑出版《十一月的树枝》和《诗文全集》。

1889年　经过将近一年的蛰居后开始坐轮椅出户。6月奥康纳去世，后不久诗人为其小品故事集作序。

1890年　4月在费城最后一次发表纪念林肯的讲演。8月写信答复西蒙兹，驳斥《芦笛集》有所谓同性恋情绪的说法，并声称自己有过非婚生子女。10月开始营建自己的陵墓。

1891年　5月在米克尔大街328号举行最后一次生日晚会。12月17日感冒，得肺炎；24日立最后一次遗嘱，指定布克博士、哈内德律师和特罗贝尔为遗嘱负责人。出版《再见吧，我的幻想》和《草叶集》临终版。

1892年　3月26日去世，30日葬入哈雷墓地自建的茔穴。

1898年　《惠特曼散文全集》在波士顿出版。

1902年　《惠特曼全集》十卷由遗嘱负责人监督在纽约和伦敦出版。

1921年　《惠特曼编余诗文》两卷由埃·哈罗威等人编辑出版。

经典译林

Yilin Classics

书名	单价	书名	单价
癌症楼	78.00 元	艾青诗集	35.00 元
爱的教育	39.00 元	爱丽丝漫游奇境	29.00 元
安娜·卡列尼娜	65.00 元	安徒生童话选集	42.00 元
傲慢与偏见	36.00 元	奥德赛	92.00 元
八十天环游地球	32.00 元	巴黎圣母院	42.00 元
白洋淀纪事	39.00 元	百万英镑	35.00 元
包法利夫人	38.00 元	悲惨世界（上、下）	98.00 元
背影	28.00 元	被侮辱与被损害的人	39.00 元
边城	36.00 元	变色龙：契诃夫中短篇小说集	39.00 元
变形记 城堡	38.00 元	草叶集：惠特曼诗选	39.00 元
茶馆	32.00 元	茶花女	35.00 元
查拉图斯特拉如是说	38.00 元	沉思录	29.00 元
城南旧事	29.00 元	大卫·科波菲尔（上、下）	79.00 元
当代英雄	45.00 元	稻草人	29.00 元
地心游记	32.00 元	飞鸟集·新月集：泰戈尔诗选	39.00 元
飞向太空港	39.00 元	福尔摩斯探案集	58.00 元
复活	42.00 元	傅雷家书	49.00 元
富兰克林自传	36.00 元	钢铁是怎样炼成的	39.00 元
高老头	39.00 元	格列佛游记	35.00 元
格林童话全集	49.00 元	给青年的十二封信	38.00 元

书名	单价	书名	单价
古希腊悲剧喜剧集（上、下）	118.00 元	海底两万里	38.00 元
红楼梦	55.00 元	红与黑	49.00 元
呼兰河传	35.00 元	呼啸山庄	39.00 元
基督山伯爵（上、下）	108.00 元	纪伯伦散文诗经典	42.00 元
寂静的春天	35.00 元	假如给我三天光明	32.00 元
简·爱	39.00 元	金银岛	35.00 元
经典常谈	29.00 元	荆棘鸟	45.00 元
静静的顿河	128.00 元	镜花缘	49.00 元
局外人·鼠疫	38.00 元	菊与刀	35.00 元
克雷洛夫寓言	32.00 元	宽容	32.00 元
昆虫记	39.00 元	老人与海	32.00 元
理想国	45.00 元	聊斋志异	55.00 元
列那狐的故事	39.00 元	猎人笔记	38.00 元
林肯传	39.00 元	鲁滨逊漂流记	39.00 元
鲁迅杂文选集	36.00 元	绿山墙的安妮	36.00 元
罗马神话	16.80 元	罗生门	39.00 元
骆驼祥子	32.00 元	美丽新世界	35.00 元
名人传	39.00 元	拿破仑传	49.00 元
呐喊	29.00 元	牛虻	38.00 元
欧·亨利短篇小说选	36.00 元	欧也妮·葛朗台	32.00 元
彷徨	32.00 元	培根随笔全集	38.00 元
飘（上、下）	88.00 元	普希金诗选	42.00 元
骑鹅旅行记	36.00 元	乞力马扎罗的雪	39.80 元
热爱生命·海狼	38.00 元	人间草木：汪曾祺散文精选	49.00 元

书名	单价	书名	单价
人类群星闪耀时	36.00 元	人性的弱点	39.00 元
日瓦戈医生	68.00 元	儒林外史	42.00 元
三个火枪手	59.00 元	三国演义	59.00 元
沙乡年鉴	42.00 元	莎士比亚喜剧悲剧集	49.00 元
少年维特的烦恼	28.00 元	神秘岛	48.00 元
神曲（共三册）	128.00 元	十日谈	68.00 元
世说新语（上、下）	89.00 元	双城记	45.00 元
水浒传	69.00 元	四世同堂（上、下）	78.00 元
苔丝	39.00 元	谈美	26.00 元
谈美书简	36.00 元	汤姆·索亚历险记	32.00 元
汤姆叔叔的小屋	45.00 元	唐诗三百首	39.00 元
堂吉诃德	78.00 元	天方夜谭	42.00 元
童年	38.00 元	童年·在人间·我的大学	49.00 元
瓦尔登湖	36.00 元	我是猫	39.00 元
乌合之众	35.00 元	物种起源	42.00 元
雾都孤儿	44.00 元	西顿野生动物故事集	38.00 元
西游记	48.00 元	希腊古典神话	49.00 元
乡土中国	36.00 元	小妇人	45.00 元
小王子	29.00 元	星星离我们有多远	35.00 元
羊脂球	38.00 元	一九八四	36.00 元
一间自己的房间	36.00 元	伊利亚特	82.00 元
伊索寓言全集	35.00 元	尤利西斯	58.00 元
约翰·克利斯朵夫（上、下）	98.00 元	月亮和六便士	45.00 元
战争与和平（上、下）	108.00 元	朝花夕拾	22.00 元

书名	单价	书名	单价
中国民间故事	39.00 元	子夜	49.00 元
最后一课	36.00 元	罪与罚	66.00 元